KB096373

바람의 신으로 레벨 업

SORAGAMI Vol.1 SORA WO TOBI, KAZE WO OKOSU GAKKO!
©Natsumi 2021
©Sonomura 2021

First published in Japan in 2021 by KADOKAWA CORPORATION, Tokyo. Korean translation
rights arranged with KADOKAWA CORPORATION, Tokyo through BC Agency.

바람의 신으로 레벨 업

나쓰미 장편소설 • 소노무라 그림 • 이소담 옮김

이지북
EZbook

차례

등 장 인 물

구로마루 소타

12세. 운동신경은 뛰어나지만
공부 머리는 조금 별로다.
밝고 활발하며 다정한 성격이다.

야가미 렌야

12세. 천재처럼 보이지만 사실은 노력파.
냉정한 성격이지만
의외로 욱하는 경향이 있다.

야마 선생님

엄격하기로
유명한
선생님.

**아야메
시즈루
선생님**

15~16세 정도로
보이는 선생님.
별명은
'아야메 쌤'.

**혼고
야마토**

무술을 잘하는
실력자.

**미야나가
다쓰미**

2학년.
별명은 '다쓰 선배'.

**미즈키
아오이**

같은 반 모범생.

하나키 미쓰루

1호실의 2학년 선배.
남을 잘 챙긴다.

할아범 교장 선생님

학생을 쥐락펴락하는
교장 선생님.

하세 요헤이

학교에 관해
아는 것 없이 입학한
신입생.

시조 유마

장난기 많고
비행술이 특기.

✣ 본문 괄호의 모든 주는 옮긴이의 것입니다. ✣

1. 정체 모를 학교

중학교 입학을 앞둔 3월 말(일본은 4월에 신학기를 시작하고, 초등학교 입학을 만 6세부터 할 수 있다). 나 구로마루 소타는 아빠에게 충격적인 소리를 들었다.

"소타, 4월부터 조금 독특한 학교에 다니게 될 거다. 마법을 배우는 학교야."

저녁을 먹고 텔레비전을 보며 이리저리 뒹굴뒹굴하는데 아빠가 갑자기 생각났다는 듯이 말했다.

'응? 지금 아빠가 뭐랬지?'

심부름을 시키듯 가벼운 말투였는데, 뭔가 터무니없는 내용을 들은 것 같았다.

"그럼 그런 줄 알고 잘해라."

"자, 잠깐만 있어 봐. 잘하긴 뭘 잘해?"

"뭐야, 아빠 말 안 들었어? 4월부터 넌 산속에 있는 기숙사학교에 입학할 거니까 그렇게 알고 단단히 준비해 두라고."

"기숙학교?"

도대체 뜬금없이 무슨 소리인지 내 머리가 이 상황을 이해하지 못하는 사이, 아빠가 기숙학교가 뭔지 설명하기 시작했다.

"음, 기숙학교는 모든 학생이 학교 기숙사에 들어가서 생활하는 거야. 학교에서 친구들과 함께 어울리면서 공부하는 거지. 아~주아주 즐거운 곳이야. 너한테 잘 어울리는 학교겠지?"

"잘 어울린다니, 기숙학교가? 나는 스즈키랑 다베랑 같이 사쿠라가오카 중학교에 갈 건데?"

이미 사쿠라가오카 중학교의 교복도 맞췄다. 지금 내 고민은 중학교에서 무슨 동아리 활동을 할까지, 어느 학교에 갈까가 아니었다. 그 단계는 벌써 예전에 지났다.

아빠가 천연덕스럽게 말했다.

"안 돼, 이미 입학 처리도 다 끝났어."

"처리가 끝났다고? 농담이지?"

나는 어이가 없어 웃었다. 이런 헛소리를 곧이곧대로

믿을 수 없었다.

"정말이야. 4월부터 이 집에 네가 지낼 방은 없어."

"방이 없다니…… 무슨 소리야?"

"홈스테이 하러 올 사람이 네 방 쓸 거거든."

"홈스테이? 그것도 내 방을 쓴다고?"

"네가 기숙사에 들어가면 방이 비니까, 아무 문제 없잖아?"

아니, 기숙사에 들어갈 생각이 없어서 문제가 너무 많은데?

"나는 사쿠라가오카 중학교에 갈 거고, 기숙사에 안 들어갈 거야."

가고 싶지도 않은 학교에 억지로 들어가서 신경 쓰이게 다른 사람과 살라니. 게다가 내 방은 누군지도 모르는 사람이 빼앗는다고? 정말 말도 안 되는 소리였다.

"하지만 이미 정한 일이야. 화장실 말고는 네가 방으로 쓸 공간이 없는데."

그 말을 듣는 순간, 내 안의 뭔가가 툭 끊어졌다.

"웃기지 마아아아!"

내 외침을 들은 엄마가 날아왔다.

"왜 그래, 무슨 일이니?"

엄마 얼굴을 보자 나는 조금 차분해졌다.

"엄마, 들어 봐. 아빠가 나를 사쿠라가오카 중학교가 아니라 무슨 기숙학교에 보낸다고 한다?"

나는 이 소동의 원흉, 텔레비전 앞에 대자로 누운 아빠를 가리켰다.

"조금 진정하자, 소타. 응?"

엄마가 열심히 달랬지만 내 머리는 펄펄 끓는 주전자처럼 부글부글 끓어올랐다.

"나는 사쿠라가오카 중학교 말고는 죽어도 안 갈 거야!"

고집스럽게 주장하는 내게 엄마가 물었다.

"아빠가 너한테 뭐라고 설명했니? 엄마한테 알려 줘."

엄마의 얼굴을 보자 마음이 풀렸는지 나는 자칫 울 뻔했다.

"기숙학교에 가래. 입학 처리도 다 끝났다고……."

"어떤 학교인지 들었어?"

"어떤 학교인 게 무슨 상관이야. 나는 사쿠라가오카 중학교에 갈 건데."

그때, 잠시 동안 잠잠하던 우리 아빠 구로이치가 불쑥 끼어들었다.

"아니, 네가 갈 학교는 아빠 모교야. 이미 다 결정된 사항이니까 아무도 뒤집을 수 없어."

그 말에 다시 분노가 폭발하려고 할 때, 엄마가 날카롭게 말했다.

"잠깐만, 구로이치 씨. 당신은 가만히 있어. 내가 소타한테 설명할 테니까."

"엄마, 무슨 말이야? 설마 엄마도 알고 있었어?"

"응, 알고 있었어."

엄마의 말에 나는 충격을 받았다.

"그럼 왜 더 일찍 말해 주지 않았어?"

"아빠가 직접 말할 테니까 걱정하지 말라길래 그 말을 믿었는데, 네 표정을 보니까 아빠 설명이 부족했나 보다."

"부족이고 뭐고 나는 그런 학교에는 안 갈 거야!"

"평범한 학교가 아니야. 하늘을 날고 마법을 배우는 가라스텐구를 위한 학교야."

기숙학교라는 점에 정신이 팔려서 제대로 듣지 못했는데, 엄마가 지금 분명 '가라스텐구를 위한 학교'라고 말한 거지?

"엥? 가라스텐구라니?"

"텐구(신통력이 있고 깊은 산속에 사는 일본 요괴)는 알지?

13

얼굴은 빨갛고 코가 아주 길쭉한 요괴.”

“가라스텐구는 그 텐구의 친척이야?”

“그래. 텐구와 다른 점이라면 하늘을 자유롭게 날 수 있다는 거야(가라스텐구는 까마귀의 머리와 날개를 지닌 새처럼 생긴 텐구다).”

엄마는 가라스텐구가 하늘을 날 수 있다는 사실을 유난히 강조했다.

“그건 알겠는데, 가라스텐구를 위한 학교에 내가 왜? 무슨 농담 따먹기라도 하는 거야?”

애초에 평범한 중학교에 입학할 예정이었던 내가 그런 정체 모를 학교에 가야 하느냔 말이다. 그것도 하늘을 날고 마법을 배우다니, 이런 소리를 누가 진지하게 받아들일 수 있을까.

“가라스텐구는 이 나라를 남몰래 지키는 훌륭한 사람들이야.”

“무슨 소린지 하나도 모르겠거든……”

그러자 아빠가 으라차차 하고 몸을 일으켜 책상다리하고 앉았다.

“아빠도 평소에는 평범한 회사원을 연기하지만, 사실은 가라스텐구 학교 출신이야.”

"아빠가 가라스텐구 학교 출신이라고?"

"아빠만 그런 게 아니야. 네 할아버지도 같은 학교에 다녔어. 그러니까 너도 우리 모교에 들어가는 게 당연하지."

"잠깐만, 농담도 좀 적당히 하지? 아빠가 어딜 봐서 가라스텐구인데?"

제과 회사에 다니는 아빠가 텐구 캐릭터가 그려진 '길쭉코 쿠키'라는 상품 개발에 참여한 건 알고 있었다. 하지만 아빠는 주말에는 골프, 낚시가 아니면 잠만 잤다. 즉, 집에서 뒹굴뒹굴 흐물흐물하기만 했다. 회사는 간신히 다녀도 아빠로서 해야 하는 행동을 한 적은 단 한 번도 없다. 운동회나 학예회에 온 적도 없거니와 아들 생일을 축하해 준 적도 없다.

예전에 1년간 외국 출장을 다녀온 아빠는 키가 10센티미터나 큰 나를 보더니 이렇게 말했을 정도다.

"넌 누구냐?"

아들의 얼굴도 똑똑히 기억하지 못하는, 어떻게 봐도 아빠 자격이 없는 사람이 갑자기 나보고 가라스텐구라는 소리를 해 봤자 '아하, 그렇습니까' 하고 믿을 리 없었다.

"너, 정말 하나도 기억을 못 하니?"

아빠가 진지한 표정으로 묻는 것은 드문 일이었다.

"뭘 기억 못 해?"

"너 어릴 때, 하늘을 날아다녔잖아."

"내가 하늘을 날아다녔다고?"

"그래, 어설펐지만 꺅꺅 소리 지르며 좋다고 날아다녔어."

"웃기지 마! 거짓말하려면 좀 말이 되는 거짓말을 하란말이야~!"

화가 나서 얼굴이 시뻘게진 나를 엄마가 허둥지둥 말렸다.

"소타, 정말이야. 아빠가 거짓말하는 게 아니야."

"엄마까지 아빠 멍청함에 물들었어?"

부모님이 합심해서 나를 놀리려는 게 틀림없었다.

"거짓말처럼 들리겠지만, 구로마루 집안이 가라스텐구 집안인 건 사실이야. 너도 분명히 그 피를 물려받았어."

"내가 가라스텐구의 피를 물려받았다고?"

아무리 들어도 거짓말 같았다. 무슨 말을 해도 내가 전혀 믿지 않자, 엄마는 내가 한 살이나 두 살 무렵의 앨범을 가지고 왔다.

"이걸 보렴."

엄마가 사진 한 장을 가리켰다. 처음 본 사진인데, 내

등에 까만 날개가 달렸고 새의 깃털로 만든 것 같은 부채를 들고 있었다.

"핼러윈 복장 아니야?"

가라스텐구 같은 옷을 입었다고 가라스텐구라는 증거가 되지는 않는다.

"자, 이것도 봐 봐. 네가 하늘을 나는 사진이야."

그러면서 보여 준 사진은, 확실히 내가 하늘을 나는 것처럼 보이는 사진이었다. 가라스텐구 옷을 입은 나와 파란 하늘만 찍힌 사진이니까. 사진 속에서 나는 까만 날개를 달고 하늘에 떠 있었다.

"나는 게 아니라 아빠가 날 던진 거 아니야? 나 울고 있잖아."

떨어지는 타이밍에 사진을 잘 찍으면 하늘을 나는 것처럼 보일 것이다.

"제일 처음 날았을 때 사진이야. 처음에는 즐거워했는데 곧 겁이 났는지 울기 시작했어."

엄마가 진짜로 그런 일이 있었다는 듯이 말했다. 사진 아래에는 '소타 2세 첫 비행'이라고 적혀 있었다. 앨범에 적힌 글씨가 최근에 쓴 것 같지는 않아 보여서 나는 조금 불안해졌다. 장난을 치겠다고 10년이라는 세월을 투자하

는 건 아무리 생각해도 너무 길다.

설마 진짜인가?

지금까지 나는 내가 인간이라고 믿어 의심치 않았는데, 사실은 평범한 인간이 아니라는 말인가.

"어쩜 이렇게 활발해."

"야생마 같네."

"운동신경 하나는 최고네."

그러고 보니 나는 예전부터 주변 사람들에게 이런 소리를 자주 듣긴 했었다. 순식간에 불안이 덩치를 키웠다.

"가라스텐구 집안이라는 소리는, 그러니까 내 조상이 요괴라는 소리야?"

"가라스텐구는 요괴가 아니야. 신에 가깝지."

"요괴든 신이든 상관없어. 궁금한 건, 내가 인간이 아니냐는 거야."

인간인가 인간이 아닌가, 그것이 내게는 그 무엇보다 중요한 일이었다.

"인류는 모두 형제라고 하잖아. 가라스텐구도 그렇지."

"아니, 전혀 그렇지 않거든?"

나는 어제까지만 해도 평범한 **인간**이었다. 그런데 갑자기 **가라스텐구** 집안의 후손이라는 소리를 듣고 수긍할 수 있을 리 없었다.

"우리 조상이 가라스텐구라고 해서 달라지는 건 없어."

"아니, 나는 그렇게 순순히 받아들일 수 없거든요? 백 보 양보해서 우리 집이 가라스텐구 집안이라고 해도 나한테 왜 지금까지 말 안 해 줬어?"

나는 부모님에게 따졌다. 애초에 나는 하늘을 난 기억이 전혀 없거니와 방금까지도 평범하게 중학교에 올라갈 소년이라고 믿고 있었다. 그런데 갑자기 하늘을 날고 마법을 배우는 기숙학교에 가라느니, 심지어 나의 정체가 가라스텐구라는 소리를 하다니. 그럼 왜 조금 더 일찍 진실을 알려 주지 않았을까.

"말하지 않은 이유는 네가 세 살 무렵부터 전혀 날지 않았기 때문이야."

"날지 않았다고?"

"폭포에서 떨어뜨려도 그대로 풍덩 떨어지더라."

"뭐라고? 그거 살인미수잖아."

범죄를 저질러 놓고 뭘 아무렇지 않게 고백해, 이 아빠라는 사람이!

"전혀 날지도 않고 가라스텐구로서 재능을 한 조각도 보이지 않는 너를 보니까, 가라스텐구가 아니라 평범한 인간으로 사는 편이 행복할지도 모른다고 생각했어."

"계속 그렇게 생각해 주면 진짜 좋겠다."

앞으로 2주 정도만 더 그렇게 생각했다면 무사히 사쿠라가오카 중학교에 입학했을 것이다.

"한때는 그냥 이대로도 괜찮겠다고 생각했어. 하지만 역시 가라스텐구는 가라스텐구로 살아가는 게 운명이라는 생각이 들었지. 인간은 본연의 모습으로 사는 게 최고니까."

자기 멋대로 헛소리를 늘어놓는 아빠에 나는 혈관이 터질 것 같았다.

나는 단호하게 말했다.

"나는 가라스텐구 학교에 안 가. 평범한 인간으로 살 거야."

아빠가 호탕하게 웃었다.

"아하하핫. 아쉽구나, 소타. 사실은 내가 이미 입학을 취소해서 너는 사쿠라가오카 중학교에 못 가. 가라스텐구 학교 말고 지금 널 받아 줄 학교는 없어."

나는 입을 멍하니 벌렸다. 자기 아들을 함정에 빠뜨리면서까지 가라스텐구 학교에 보내려는 아빠. 세상 그 어떤 악당보다 최악이다.

"소타, 일단 가라스텐구 학교에 가 보고 도저히 너한테 안 맞는 것 같으면 다시 돌아와도 돼."

모든 원흉인 아빠는 잘난 체하며 으쓱거리기나 하는데, 오히려 엄마가 미안해서 어쩔 줄 몰라 했다. 하여간 전부 다 잘못됐다.

"가라스텐구 학교도 가 보면 마음에 들지도 모르잖니, 응? 하늘을 날 수 있고 바람을 일으킬 수도 있으면 여러모로 편리하잖아?"

역시 이런 아빠와 결혼한 만큼 엄마도 남부럽지 않은 괴짜구나, 하고 나는 새삼스레 깨달았다.

나는 의심 가득한 시선으로 아빠에게 물었다.

"애초에 아빠가 하늘을 날 수나 있어? 한 번도 본 적 없는데……."

아빠가 자랑스럽게 말했다.

"지금이야 이래도 젊을 때는 비행술을 써서 붕붕 날아다녔지."

"비행술?"

고개를 갸웃거리자, 엄마가 설명했다.

"가라스텐구가 하늘을 날 때 쓰는 술법이야."

"엄마는 본 적 있어?"

"글쎄. 그래도 예전에 네 아빠, 단 한 번도 데이트에 늦은 적이 없었어."

"그게 뭐?"

하늘을 날지 못해도 일찍 집에서 나오면 지각할 일이 없다.

"이해를 못 하는구나. 비행술을 쓸 줄 알아도 함부로 남한테 보여 주면 안 되지. 아빠가 매일 비행술로 회사에 다녀서 사람들 눈에 띄면 큰일이잖아?"

"아니지, 쓸 수 있으면 써서 회사에 가면 되잖아."

교통비도 들이지 않고 어디든 마음껏 갈 수 있으니까. 그런데 아빠 말로는 그럴 수 없는 중요한 이유가 있다고 했다.

"가라스텐구 학교를 졸업할 때, 졸업생은 반드시 서약서를 써야 해. 나는 가라스텐구로서 부지런히 일하는 길이 아니라 인간 사회에 녹아드는 임무를 선택했지. 따라서 아빠에게는 얼마나 인간답게 생활하느냐가 매우 중요하단다."

녹아들다 못해 가라스텐구라고 고백해도 아무도 믿어 주지 않으니 이걸 임무 성공이라고 해야 할까. 나는 솔직히 아빠가 가라스텐구라는 사실 자체를 의심했다. 그러니까 내일이면 아빠가 전부 거짓말이었다고 말해도 "아, 그러셔" 하고 순순히 받아들였을 것이다. 그런데 다음 날도, 그다음 날도 아빠는 거짓말이었다고 말하지 않았다. 그러다 원래 사쿠라가오카 중학교 교복이 도착할 예정이었던 날, 맞춘 기억이 없는 가라스텐구 학교 교복이 집에 도착했다.

"이게 뭐야!"

나는 무슨 음식점 유니폼처럼 개조한 기모노와 하카마를 보고 비명을 질렀다(기모노와 하카마는 모두 일본의 전통 의상으로, 기모노를 입고 그 위에 바지 역할을 하는 하카마를 입는다).

내 등 뒤에서 엄마가 옷가지를 들여다보며 말했다.

"어머, 생각보다 일찍 도착했네? 이게 교복이야."

"뭐? 이게?"

사쿠라가오카 중학교의 교복은 절대로 이런 디자인이 아니었다.

"그래. 이게 네가 입을 교복이야."

"잠깐만. 내 교복은 이게 아니잖아."

"아니야, 이거 맞아."

엄마와 도무지 대화가 통하지 않았다.

"전통 교복이잖아. 참 멋있지?"

"이걸 입고 가라스텐구 학교에 가라고?"

"교복이니까 당연하지."

나는 말문이 막혀 머리가 새하얘졌다. 내가 충격에 빠진 사이에 엄마는 다른 상자에서 까마귀 부리 같은 것이 달린 마스크를 꺼냈다.

"검이랑 깃털 부채는 무기가 되니까 지참 금지래."

"검은 알겠는데 깃털 부채는 왜?"

내가 궁금해하자 아빠가 옆에서 끼어들었다.

"마법사가 지팡이를 쓰는 것처럼 가라스텐구는 깃털 부채를 써. 가라스텐구에게 깃털 부채는 단순히 깃털로 만든 부채가 아니고 엄연한 무기야. 깃털 부채 하나로 큰 화재를 일으킬 수도 있고 폭풍우를 부를 수도 있으니까."

"마법사도 아니고, 훈련한다고 그런 걸 할 수 있어?"

"그야 당연히 타고난 재능에 따라 다르지. 그래도 아빠는 천재였어. 아빠가 고안한 필살기 '폭풍파(爆風波)'는 깃털 부채를 한 번 흔들기만 하면 공원의 나무란 나무는 모두 우르르 쓰러뜨릴 수 있었어."

아빠가 자랑스럽게 말했다.

"공원의 나무란 나무는 모두 쓰러뜨리다니⋯⋯ 진짜 최악이다."

나뭇가지 하나라도 멋대로 부러뜨리면 혼나는데 나무를 쓰러뜨리다니 무슨 생각이람?

'아니지, 아빠가 한 말이니까 거짓말일 게 뻔해. 폭풍파라니 무슨 애니메이션이나 만화도 아니고.'

나는 전혀 믿을 생각이 없었다. 그런데 그때, 아빠가 갑자기 소리쳤다.

"폭풍파!"

"으악! 뭐야, 갑자기! 놀랐잖아."

"이렇게 하는 거야. 너도 해 봐."

"절대 싫거든요."

그런 단어를 외치라니 쪽팔리잖아. 그러나 교복이 도착했으니 가라스텐구 이야기가 전부 거짓말이 아닌 것은 판명됐다. 아무래도 가라스텐구 학교인지 뭔지는 사실인가 보다.

"진짜 학교가 있나 보네……."

"뭐야, 아직도 안 믿었어?"

"당연하지!"

아빠를 향한 아들의 신뢰는 제로를 넘어 마이너스였다. 어려서부터 수없이 당했으니까 아무리 그래도 이제는 학습했다. 아빠를 믿는 건 헛수고라고.

"아빠가 하는 말을 믿을 리가 없잖아."

"너한테 작은 것부터 큰 것까지 셀 수 없이 많은 거짓말을 했지만 이건 진짜야. 거짓말이 아니야."

"아빠가 말하면 진짜로 안 들리거든. 그런데 진짜 있었구나, 가라스텐구 학교…… 당연히 거짓말인 줄 알았는데."

"후후후, 가고 싶어졌지?"

"아니, 죽어도 가기 싫어!"

나는 사쿠라가오카 중학교에 가겠다는 결심을 바꿀 생각이 없었다. 그러니 이 이야기는 이렇게 끝나야 했다.

아빠도 엄마도 그 후로는 가라스텐구 학교에 관해서 까맣게 잊은 것처럼 매일 평범하게 지냈다. 가라스텐구의 '가'도 나오지 않기에 나는 부모님이 간신히 포기했다고 믿었다. 사쿠라가오카 중학교에 가고 싶은 내 마음을 참작해 주었다고 믿었다. 그래서 사쿠라가오카 중학교 입학식 전날, 나는 완전히 마음을 놓았다. 내일 무사히 입학식에 참석하리라 믿어 의심치 않았다. 그래서 자기 직전에 아빠가 "맛있는 차를 선물받았으니까 마셔 봐"라고 말했을 때도 전혀 경계하지 않았다.

"싫어, 차 마시면 잠 못 자잖아."

"아니야, 이건 아주 좋은 차야. 너 내일 늦잠 자기 싫지? 이걸 마시면 아침에 상쾌하게 일어날 수 있어."

나는 상쾌하게 일어날 수 있다는 말에 끌렸다.

"자, 마시라니까."

"알았다고."

나는 아빠가 건넨 찻잔을 받아 그대로 꼴깍 마셨다. 달고 조금 씁쓸했다. 차라고 하기에는 이상한 맛이었다.

그렇게 생각한 다음 순간, 갑자기 졸음이 몰려왔다.

순식간에 눈앞이 어두워지고 손과 발에 힘이 들어가지 않았다. 나는 그 자리에 풀썩 쓰러졌다. 의식이 아득해지는데, 부모님의 목소리가 들렸다.

"여보, 이렇게까지 하면 소타가 너무 안됐잖아……."

"아니야, 이렇게 해야 해. 소타도 나중에 분명 나한테 고마워할 거야."

그런 부모님의 대화를 들으며 나는 의식을 잃었다.

2. 눈 떠 보니 입학

바스락바스락 바람이 우듬지를 흔드는 소리가 들렸다. 소리는 상쾌한데 날이 너무 추워서 몸이 부르르 떨렸다. 나는 창문이 열려 있나 보다, 생각하고 이불을 끌어당기려고 손을 뻗었다. 그런데 소중한 이불이 손에 잡히지 않았다. 내 손은 이불을 찾아 더듬더듬 헤맸다.

"에취!"

재채기가 나왔다. 크게 재채기한 덕분에 의식이 조금 전보다 또렷해졌다. 몸을 뒤척였다.

'어라, 뭔가 이상한데. 침대에서 잤을 텐데 왜 바닥이 딱딱하지? 설마 침대에서 굴러떨어졌나?'

나는 손으로 바닥을 더듬었다. 그러자 까끌까끌하게 흙을 만지는 느낌이 났다. 마치 밖에서 잠든 것 같았다.

"설마!"

나는 마침내 눈을 떴다. 제일 먼저 눈에 들어온 것은 솜사탕 같은 구름이 드문드문 떠 있는 푸른 하늘이었다. 그 다음으로 보인 것은 숲이었다.

"어, 여기가 어디야?"

나는 놀라서 주변을 둘러보았다. 분명 내 방 침대에서 잠들었을 텐데 눈을 떠 보니 전혀 모르는 곳이었다. 어딘가 숲속인 것 같은데, 곤란하게도 내가 왜 이런 곳에 있는지 전혀 생각이 나지 않았다.

어제의 기억을 더듬다가 자기 직전에 아빠가 차를 마시라고 권했던 것이 생각났다.

"그 차구나!"

나는 비명을 질렀다. 그래, 그 차를 마신 이후로 기억이 끊겼다. 상쾌하게 일어날 수 있다기에 입학식 날 늦잠 자지 않으려고 마셨는데. 어쩐지 맛이 이상했다.

나는 분해서 이를 득득 갈았다.

"날 속이다니…… 상쾌하긴 뭐가 상쾌해!"

나는 땅바닥을 걷어찼다. 그러다가 내가 입은 옷이 잠옷이 아닌 걸 알았다. 게다가 맨발이 아니라 부츠를 신고 있었다.

"이, 이거⋯⋯."

두 눈이 휘둥그레졌다. 왜냐하면 내가 입은 옷이 그 가라스텐구 학교의 교복이었으니까. 하얀 기모노에 조끼처럼 생긴 하늘색 상의, 같은 색 하의 하카마. 내 옷차림을 확인한 순간 나는 부들부들 떨었다. 나는 오늘 사쿠라가오카 중학교의 교복을 입고 사쿠라가오카 중학교 입학식에 갈 예정이었다.

"아빠, 이게 뭐야! 설명하란 말이야~!"

아빠가 근처에 있을까 소리를 질렀는데 아무런 대답이 없었다. 대답 대신이라도 되는 것처럼 내 곁에 웬 봇짐이 놓여 있었다. 혹시 몰라 풀어 보니 안에서 나온 것은 기숙사에서 생활할 때 필요한 속옷과 세면도구, 필기구, 운동복, 마스크 그리고 지갑과 편지였다.

"편지?"

불길한 예감이 들었지만, 편지를 펼치자 곧바로 아빠의 알아보기 어려운 글자가 눈에 들어왔다.

굿모닝, 소타.

푹 잤니?

아마 이 편지를 읽을 때, 너는 잔뜩 화가 나 있겠지.

하지만 너도 잘못했어.

아무리 아빠가 줬어도 아무런 의심도 없이 차를 마신 건 너야.

가라스텐구는 언제, 어느 때나 긴장해야 한단다.

다음부터는 조심하도록.

자, 예상했겠지만 지금 네가 있는 곳은 가라스텐구 학교가 있는 산이야.

지도상으로는 도쿄지만 집에서는 전철로 한 시간 그리고 버스로 삼십 분이 걸려.

또 학교가 있는 산 정상까지는 걸어서 여섯 시간이 걸린다. 참고로 케이블카는 없어.

한마디로 돌아오고 싶어도 못 온다는 소리지. 아하하하하.

학교는 네가 있는 곳에서 그리 멀지 않으니까 잠에서 깼으면 가 보렴.

그럼, 건강해라.

아들을 생각하는 아빠가

"뭐가 아들을 생각하는 아빠야아아!"

나는 고함을 질렀다. 평생 이런 끔찍한 편지를 받은 적이 없었다. 굿모닝이라니, 내가 멍청이인 줄 아는 건가. 애초에 아들에게 수면제를 먹이는 아빠는 듣도 보도 못했다. 그리고 '아하하하하'라니, 누가 편지에 이런 웃음소리를 쓰냐고. 나는 화가 나서 눈앞이 뻘겋게 물들었다.

편지에는 학교에 가라고 적혀 있지만, 당연히 그 말을 얌전히 따를 생각은 없었다.

"그래, 지갑!"

나는 내 지갑을 움켜쥐었다. 돈만 있으면 집에 돌아갈 수 있다고 생각했는데 묘하게 빵빵한 지갑에 의문이 들었다. 동전이 많은 건지 의아해하며 지갑을 열었다.

지갑에는 반짝반짝 빛나는 금화가 들어 있었다. 하지만 진짜 금화는 아니었다. 금화와 비슷하게 생긴 초콜릿. 평소라면 좋다고 먹었겠지만 지금은 아무런 도움도 되지 않았다.

나는 또 비명을 질렀다.

"으아!"

이래서야 산에서 내려가 봤자 집에 갈 수가 없다. 아무리 겉보기에는 금화같이 보여도 내용물이 초콜릿이면 표를 살 수 없다.

"틀림없이 일부러 이랬어."

어떻게든 가라스텐구 학교에 가게 하려고 아빠가 지갑

에 동전 초콜릿을 넣어 둔 것이다. 그 자리에서 고민하기를 대략 몇십 분. 결국 나는 다른 방법을 찾아내지 못했다.

"으으……. 잠깐 살펴보러 가는 것뿐이야. 그래, 시험 삼아."

엄마 말처럼 시험 삼아 가 보고 죽어도 싫으면 돌아가면 된다. 그렇게 나를 달래며 일단 학교가 있는 정상을 향해 걷기 시작했다. 주변은 온통 산, 산, 산이었다. 여기가 도쿄라니 아무리 생각해도 믿을 수가 없었다.

그런데 일 분 정도 걷자 곧 커다란 건물이 보였다. 그곳은 내가 상상한 기숙학교와는 전혀 달랐다.

내가 가는 방향에 나타난 것은 아주아주 넓은 전통 저택이었다. 입구에는 웅장한 문과 담이 있었다. 무슨 사극에 나오는 무사의 저택 같았다.

"여기가 맞나……."

나는 용기를 내 문으로 들어갔다. 부지 안으로 들어가자, 마당을 청소하는 아이가 있었다.

'이 학교 학생인가? 같은 교복을 입었으니까 아마 그렇겠지?'

이 학교에서 처음으로 본 학생이어서 나는 자세히 관

찰했다. 큼지막한 눈, 단정한 이목구비. 조금 긴 검은 머리는 샴푸 광고에 나올 것처럼 찰랑찰랑했다. 게다가 피부는 하얗고 서 있는 모습도 늘씬했다. 무척 예뻤다. 어른스러운 분위기의 미소녀를 보니 가슴이 마구 두근거렸다. 그러나 그 아이는 뚫어지게 쳐다보는 나를 알아차렸을 법한데도 이쪽을 거들떠보지 않았다.

'좀 쌀쌀맞은 느낌이네…….'

쌀쌀맞다는 건 내 일방적인 인상이지만, 아무튼 나는 그쪽이 말을 걸어 주기를 바랐다. 하지만 한참 기다려도 그럴 낌새가 보이지 않아 어쩔 수 없이 내가 말을 걸었다.

"저기, 나 이 학교에 다니라는 소리를 듣고 왔는데……."

이 학교 학생이라는 말은 아직 하지 않으려다 보니 표현이 이상해졌다.

내가 말을 걸면 당연히 붙임성 있게 대답하고 친절하게 안내해 주리라고 생각했다. 그런데 그 아이는 여전히 쓱싹쓱싹 빗자루로 마당을 쓸기만 했다.

"저기, 내 말 안 들려요? 나 어디로 가면 돼요?"

여전히 그 아이는 대답이 없었다. 그 후로도 몇 번이나 말을 걸었으나 완전히 무시했다.

아무래도 얼굴은 미인이지만 성격은 전혀 아닌 것 같

았다. 다른 학생이 있으면 포기하고 얼른 그쪽한테 물어
봤을 텐데, 지금 마당에는 그 아이만 있었다.

그래서 나는 무시하지 못할 정도로 목소리를 키웠다.

"나 어디로 가면 되나요~!"

근처에 있던 새가 날아갈 정도로 큰 목소리. 그런데 일
부러 자극하려고 낸 큰 소리에도 그 아이는 얼굴빛 하나
달라지지 않았다. 굴하지 않고 내가 계속 노려보자, 드디
어 고개를 휙 움직여 방향을 가리켰다. 그쪽으로 가라는
의미인 것 같았다.

나는 발끈했지만, 그 아이 앞을 곧장 지나쳐 가리킨 쪽
으로 걸음을 옮겼다. 그러자 뒤에서 그 아이의 목소리가
들렸다.

"고맙다는 인사는?"

나는 기가 막혔다.

'잔뜩 무시해 놓고 고맙다는 소리를 듣겠다고?'

그래서 있는 힘껏 외쳐 주었다.

"없거든!"

전혀 고맙지 않으니까 그런 인사 할 생각도 없었다. 등
뒤에서 말 없는 분노가 따갑게 느껴졌지만 그러거나 말거
나 나는 그대로 걸음을 옮겼다.

3. 입학 선서

마당에 있던 아이가 턱짓해서 가리킨 곳에 현관이 있었다.

"실례합니다."

내 말에 안에서 안내 담당자 완장을 찬 남자가 나왔다. 이름을 밝히자, 담당자가 자기를 따라오라고 했다. 담당자는 번쩍번쩍 윤이 나는 복도를 걸어가 나를 '선서의 방'이라고 적힌 곳으로 안내했다. 다다미 냄새가 물씬 나는 차분한 일본식 방이었다. 방에는 잠이 든 건지 깬 건지 모를 노인이 오도카니 앉아 있었다.

"저기······."

나는 담당자를 돌아보며 도움을 요청했다. 그러자 그는 노인을 가리키며 이 학교의 교장 선생님이라고 말한 뒤 방에서 훌쩍 나갔다.

나는 무단침입한 노인이 방에서 졸고 있다고 생각한 터라, 교장이라는 말을 듣고 깜짝 놀랐다.

'저 사람이 교장……. 대체 몇 살이래.'

앉아 있으니까 더 그렇게 보이는 것인지 몰라도 체구가 무척 작았다. 나이가 들면 키가 줄어든다고 하던데, 아무리 그래도 너무 작았다. 게다가 오싹하게도 교장은 전혀 움직이지 않았다. 장식물처럼 꼼짝도 하지 않아서 숨을 쉬기나 하는 것인지 의심스러웠다.

'설마…… 앉은 채로 죽었나?'

노인은 잠든 것처럼 죽기도 한다는 말을 들은 적이 있었다. 교장 시체의 첫 발견자가 되기는 싫다고 생각하며, 나는 방 한가운데에 앉은 교장에게 슬금슬금 접근했다.

방석 위에 앉은 교장에게 조심스럽게 말을 걸었다.

"저기, 교장 선생님?"

아무리 기다려도 대답이 없었다. 나는 다시 한번 말을 걸었다.

"저기요, 교장 선생님. 살아 계세요?"

교장은 여전히 꼼짝하지 않았다. 대답이 없는 것으로 보아 역시 잠든 채로 죽었나 보다. 그제야 나는 뒤늦게 허둥거렸다.

"다, 다른 사람한테 알려야……."

나는 방에서 나가려고 주위를 둘러보았다. 바로 그때, 느닷없이 교장의 자세가 덜컥 무너졌다. 장식물이 앞으로 쓰러지는 것처럼, 교장은 굳은 상태 그대로 앞으로 쓰러져서 얼굴을 다다미에 박았다.

'으아아아, 아프겠다……'

나는 얼굴을 찡그렸다.

"크헥."

묘한 소리가 교장의 입에서 나왔다. 교장은 잠시 후에야 아픔이 덮쳤는지 아이고야, 하고 얼굴을 문지르며 몸을 일으켰다.

"저기, 괜찮으세요?"

나는 교장이 살아 있다는 사실에 놀라며 물었다. 그제야 나를 알아챘는지 교장이 고개를 들었다.

"신입생이냐?"

"네, 그렇습니다."

이제야 교장과 제대로 된 대화를 할 수 있겠다고 기뻐한 것도 잠시, 교장이 내게 물은 것은 아무래도 상관없는 질문이었다.

"혹시 내가 침 흘리지는 않았더냐?"

"글쎄요, 흘리지 않았을까요?"

내가 적당히 대답하자 교장이 매섭게 노려보았다.

"침 따위 흘리지 않았느니라."

그렇게 생각한다면 굳이 물어볼 필요가 없지 않나 하는 생각이 들었다.

"시건방진 놈이로군. 뭐, 모처럼 여기에 왔으니까 얼른 선서하고 가면 된다."

차를 마시라는 것처럼 간단한 말이지만, 선서란 '맹세'를 말하는 것이기에 나는 머뭇거렸다.

"저기, 선서를 왜 하는 거예요?"

교장이 붉은색으로 물든 인주를 내 앞에 놓으며 재촉했다.

"이 학교에 입학하는 학생은 반드시 선서문을 제출해야 해. 자, 빨리 이 선서 용지에 손도장을 찍어라."

"자, 잠깐만요. 손도장 찍으면 어떻게 되는데요?"

"재잘재잘 시끄러운 녀석이구먼……. 좋아, 내가 도와주마."

질문에 대답하는 대신, 교장이 내 손을 덥석 움켜쥐어 인주로 끌었다. 차가운 감촉과 함께 내 손바닥이 새빨갛

게 물들었다. 뿌리치려고 했는데 교장은 요지부동이었다. 곧이어 교장이 내 손목을 붙잡아 종이에 꾹 대고 눌렀다.

"이제 됐군."

교장이 종이에 찍힌 내 손도장을 흡족하게 바라보았다. 나는 내가 뭘 선서했는지도 모르고 손도장을 찍고 말았다.

'됐긴 뭐가 돼.'

"이제 너는 가라스텐구 학교의 학생이야. 이 용지에 손도장을 찍었다는 것은 곧 '구워 먹든 삶아 먹든 알아서 해라. 죽더라도 불평하지 않겠다'라고 각오한 것이지."

"죽더라도 불평하지 않겠다고? 잠깐만, 그게 무슨 뜻이야!"

나는 새빨개진 손을 어쩌지도 못하고 외쳤다. 존댓말 따위는 머릿속에서 사라졌다.

"나는 선서 같은 거 인정 못 해!"

그러자 교장이 방금 내가 억지로 찍은 손도장이 보이게 종이를 팔랑팔랑 흔들었다.

"그렇지만 이건 네 손도장이잖냐."

"그야 내 손도장이지만, 나는 그럴 생각이 없……."

"생각이 없었더라도 선서는 선서다. 허락 없이 도망치

면 무시무시한 벌이 기다릴 테니 그런 줄 알아라.”

교장이 그렇게 말하더니 손뼉을 짝짝 쳤다. 그러자 문이 열리더니 “부르셨습니까?” 하고 사람이 들어왔다.

“이 애송이를 기숙사로 안내해라. 난폭하게 굴지도 모르는데, 그때는 앞마당 나무에라도 매달아 놔.”

교장은 끔찍한 소리를 아무렇지 않게 했다. 나는 정말이지 말도 안 되는 곳에 와 버렸다고 후회했지만 이미 늦은 뒤였다.

4. 놀라움의 연속인 학교 안내

선서의 방에서 쫓겨난 나는 안내해 주러 온 사람을 힐끔 살폈다. 딱 봐도 온화해 보이는 인상이었다. 테가 까만 안경을 써서 우등생처럼 보였다.

"나는 하나키 미쓰루. 너보다 한 학년 선배야."

선배라고 하니까 일단은 예의 바르게 인사했다.

"어, 구로마루 소타입니다."

하나키 선배가 뜬금없이 무언가 생각난 듯이 물었다.

"너, 형제 있어?"

"형제요?"

"혹시 형 없니?"

"아니요, 없어요. 저 외동아들이에요."

"아, 그래? 착각인가."

"착각이요?"

"아니, 미안해. 형제가 있으니까 이 학교에 들어오는 학생도 많다고 들어서."

하나키 선배의 말을 들어 보니 형이 입학한 뒤 남동생도 들어오는 경우가 많다는데, 나는 해당 사항이 없었다.

하나키 선배가 마당에 닿은 복도를 걸으며 물었다.

"형제가 없다면, 너는 이 학교에 대해서 어느 정도 알고 있어?"

나는 아빠를 깊이 원망하며 대답했다.

"전혀 몰라요. 아무것도 모르는데 부모님이 입학시켰어요."

"여기 올 생각이 없었다는 거네?"

"네, 맞아요."

"그렇다면 여기가 평범한 학교가 아니라는 걸 몰랐겠구나. 이해하기 싫어도 금방 이해할 거야."

"하아……."

나는 가능하면 이해하고 싶지 않았다.

"여기는 가라스텐구의 자손들이 모이는 학교야. 한 학년에 한 반, 이 학교에서 공부하는 기간은 3년. 성적에 따라서 유급도 있어."

"유급이 있어요?"

"있어. 매년 두세 명은 반드시 나와."

"그럼 도망치면 벌받는다는 것도 진짜예요?"

"응, 도망치는 것만은 절대 추천하지 않아. 여기는 주변이 다 산인데, 선생님들은 뒷길, 곁길, 동굴까지 속속들이 다 파악하고 있거든."

아무래도 도망치는 건 현실적이지 않은 듯했다.

"우리 학교는 수업이 워낙 고되니까 처음에는 따라가기 힘들 거야. 그래도 죽었다 생각하고 노력하면 괜찮아."

죽었다 생각하고 노력하라니, 전혀 제대로 된 조언이 아닌데요.

"수업은 우술, 비행술, 무술, 인심술 등 가라스텐구로 살아가기 위한 필수 과목으로 구성돼 있어. 여기서 3년 지내면 어디에 가도 부끄럽지 않은 훌륭한 가라스텐구가 될 수 있어."

"훌륭한 가라스텐구……."

그렇게 되지 못해도 좋았다. 그저 평범한 중학교에 가고 싶었다.

"저기, 우술이나 비행술이 수업 내용이에요?"

내가 생각한 중학교 교과와 전혀 달랐다.

하나키 선배가 허리에 꽂은 깃털 부채를 들고 말했다.

"우술의 우는 깃털 우(羽) 자야. 우술은 가라스텐구가 드는 깃털 부채 쓰는 법을 배우는 수업이야. 상급자가 되면 깃털 부채를 써서 바람을 다루고, 불이나 폭풍우를 일으킬 수 있어."

"선배도 폭풍우를 일으킬 수 있어요?"

"하하하, 난 그렇게까지 하지는 못해. 간신히 회오리바람 정도지. 상급자라면 몰라도 학생은 불을 피워도 고작해야 모닥불 정도의 화력이야."

"저는 깃털 부채 같은 거 써 본 적도 없는데요……."

우술이니 인심술이니, 완전히 엉뚱한 곳에 와 버린 것 같았다. 여기는 체육이나 국어, 수학, 과학, 사회 같은 일반적인 수업은 없는 것 같았다.

"이 학교는 그런 수업만 있어요?"

"평범한 수업도 당연히 있어. 가라스텐구에게도 상식은 필요하니까."

"아, 그런 것도 있긴 하구나."

이상한 학교니까 수업도 전부 이상할 줄 알았다.

"그래도 역시 중요한 건 가라스텐구를 위한 수업이야. 시험도 거기에서 나오고."

"아, 그렇구나……. 시험도 있네요."

나는 실망해서 축 처졌다.

그 후, 나는 하나키 선배에게 이끌려 기숙사 방을 둘러보았다.

"학생이 생활하는 기숙사는 동서로 나뉘었어. 1학년과 2학년이 동쪽 방, 3학년이 서쪽 방이야."

방문은 전부 미닫이문이었다. 방 입구에 '1-1' '1-2' '1-3'이라고 적혀 있었다.

"이게 방 이름이에요?"

"1학년은 기본적으로 방별로 행동할 때가 많으니까 이름을 말할 때 어느 방의 누구라고 방 이름을 말하는 게 규칙이야."

하나키 선배가 '1-1'이라고 적힌 방문을 열었다.

"여기가 네가 생활할 방이야."

방을 보니 바닥 전체에 다다미가 깔렸고, 가구라고 부를 만한 것은 책상 세 개와 선반뿐이었다. 나는 불길한 예감에 사로잡혔다.

"저기, 혹시 이 방에 저 말고 다른 사람도 있어요?"

내 질문에 오히려 하나키 선배가 놀랐다.

"어, 몰랐어? 기숙사는 전부 합숙이야. 1학년은 2학년

과 함께 방을 써. 여기 1호실은 3인실이니까 비교적 사람
이 적은 방이야."

　여기가 그나마 나은 방인 듯했다. 하지만 외동아들이
라 지금까지 혼자 마음껏 방을 써 온 나는 기숙사 생활이
얼마나 큰일인지 실감했다.

　"1학년과 2학년이 함께라면, 이 방 선배는 어떤 사람이
에요?"

　하나키 선배라면 알고 있겠거니 싶어 물어보았다.

"나야. 그러니까 내가 너를 안내해 주는 건데……."

"아, 그렇구나."

같은 방을 쓰는 한 명은 쉽게 알아냈다.

"그럼 다른 한 명은 저랑 같은 1학년인가요?"

"맞아. 너보다 일찍 도착해서 이미 안내했어. 성실한 아이인지 먼저 나서서 청소를 도와주더라. 착한 아이야."

청소를 돕는다니, 나는 아까 만난 무뚝뚝한 여자애를 떠올렸다.

'설마……. 아냐, 걔는 여자잖아. 나랑 같은 방을 쓸 리가 없지.'

여전히 불길했지만, 하나키 선배의 '착한 아이'라는 말을 믿기로 했다.

'그 애는 착한 아이랑은 거리가 머니까 아닐 거야.'

"이제부터 건물을 안내할 테니까 짐은 빈 선반에 넣어 두는 게 좋겠어."

하나키 선배가 내 봇짐을 보며 말했다.

"알겠습니다."

방에 있는 선반을 살펴보니 전부 가지런히 정리되어 있었다. 같은 방 사람들이 깔끔한 성격인 것 같았다. 나는 봇짐을 억지로 빈 선반에 쑤셔 넣고 방을 나왔다.

하나키 선배는 계속 건물을 안내해 주었다. 식당, 도서실, 교실 순서로 돌아보았는데 안이 복잡해서 길을 잃을까 걱정이었다.

불안해하는 나를 느꼈는지 하나키 선배가 말했다.

"이 건물 안에서 헤매면 실기 수업은 더 힘들걸?"

"더 힘들다니요?"

"비행술, 무술, 우술 수업은 기본적으로 학교 마당, 즉 넓은 산속에서 이뤄지거든."

"사, 산에서 수업을 해요?"

하나키 선배가 웃으며 고개를 끄덕였다.

"응."

'너무 힘들 것 같아. 벌써 집에 가고 싶다……'

교장의 협박이 없었다면 지금 당장 돌아갔을 것이다. 내 속마음도 모르고 하나키 선배는 사무실에 들러 교과서를 받아 가자고 했다.

교무실에서 받은 교과서는 일반적인 교과서가 아니라 '와토지'라고 하는, 실로 꿰어 만든 형식의 책이었다. 『비행술 입문』『우술서』『텐구학 1』『인심술 상권』『예절』『가라스텐구의 도구』 등 책이 너무 많았다. 게다가 다른 학생이 쓰던 것인지 딱 봐도 낡아 보였다.

"교과서는 빌려주는 거니까 소중히 써야 해."

"이걸 전부 배워요?"

"이건 아직 일부야. 1학년이니까 교과서도 제일 얇아."

하나키 선배 말을 들으니 앞으로 나를 기다리는 것은 터무니없는 학교생활인 것 같았다.

나는 교과서의 묵직한 무게를 느끼며 생각했다.

'아, 집에 가서 뒹굴뒹굴 늘어지고 싶다!'

5. 또 한 명의 룸메이트

학교를 둘러보고 방으로 돌아가던 중에 신입생인 듯한 아이와 마주쳤다. 그 아이도 상급생에게 한창 학교 안내를 받는 중이었다. 하나키 선배가 멈춰 서서 그쪽 상급생과 대화를 나눴다. 그러는 동안 그 아이가 나를 보고 방긋 웃었다.

"나는 시조 유마. 따끈따끈한 1학년이야."

나도 같이 인사했다.

"응, 나는 구로마루 소타."

"편하게 소타라고 불러도 돼? 나도 유마라고 불러 줘."

유마는 낯을 가리지 않는 성격인지 처음 만났는데도 어색해하지 않았다. 오렌지빛이 도는 머리카락에 볕에 탄 피부, 외모는 날라리 같은데 나쁜 아이 같지는 않았다.

"응, 소타라고 불러 줘."

"소타, 네 방은 어디야?"

"1호실이라고 들었어."

"그래? 나는 2호실이니까 바로 옆이다. 잘 부탁해."

"아, 응. 나야말로."

"소타, 넌 특기가 뭐야? 난 비행술에는 조금 자신 있어."

유마가 에헴, 하며 의기양양하게 가슴을 폈다.

"비행술이 특기라면, 혹시 여기까지 날아서 왔어?"

유마가 어리둥절한 표정으로 대답했다.

"아니. 평범하게 도쿄까지 신칸센 기차 그리고 버스지."

"비행술을 쓸 수 있는데 굳이 신칸센을 타?"

"그야 신칸센이 빠르니까."

듣고 보니 옳은 말이다. 신칸센의 시속은 최고 300킬로미터를 넘는다.

"신칸센은 안에서 아이스크림 같은 걸 팔기도 하고, 앉아 있기만 해도 목적지에 도착하잖아."

유마는 편한 것을 아주 좋아하는 가라스텐구인 것 같았다.

"심지어 우리 아빠는 비행술이 파도타기처럼 취미 같

은 거라고 했어.”

“파도타기랑 같다니…… 그렇게 여겨도 돼?”

유마의 아버지는 참 재미있는 분인 듯했다.

“파도타기 할 줄 알면 다들 멋있다고 하지만 바다에 가지 않는 사람한테는 전혀 필요 없는 특기잖아.”

“하긴 그렇지.”

육지에 있는 한 그 특기를 살릴 기회는 전혀 없으니까.

“서핑 경기장에 파도타기로 등장하는 선수가 없는 것처럼 가라스텐구 모임에는 다들 택시나 차를 타고 와.”

“그렇구나.”

“누구든 지치는 건 싫으니까.”

그 말을 들으니 가라스텐구는 금방 지치는 집단 같아서 왠지 웃겼다.

“우리 아빠한테 멋지게 공중제비를 도는 기술이나 여자들이 좋아하는 비행법을 배웠으니까 나중에 너한테도 가르쳐 줄게.”

유마는 신나서 재잘댔지만, 나는 당황했다. 여자들이 좋아하는 비행법이라니, 유마의 아버지는 참 재미있는…… 분인 듯했다.

“넌? 특기가 뭐야?”

"난 아무것도 모르는 상태로 왔어. 가라스텐구가 뭔지도 잘 몰라."

"괜찮아. 나도 나는 거 이외에는 아무것도 몰라."

"그래?"

"비행술 이외에는 전부 꼴찌일 거라고 우리 아빠가 보장했을 정도야."

"너희 아버지 독특하시다."

아들에게 아무것도 알려 주지 않은 우리 아빠만큼이나, 아들에게 대놓고 꼴찌가 될 거라고 말하는 아버지도 알 만했다.

유마를 안내하던 상급생이 말했다.

"유마, 가자."

"그럼 또 보자."

유마가 손을 흔들며 앞서가는 상급생 뒤를 쫓아갔다. 하나키 선배는 웃으며 유마에 대한 감상을 말했다.

"굉장히 밝은 아이네."

"그러게요……."

조금 까불까불하지만 얄미운 아이는 아닌 것 같아 나는 일단 안심했다.

방으로 돌아온 나는 책상 위에 교과서를 내려놓고 짐 정리를 시작했다. 하나키 선배는 볼일이 있다며 나갔다. 혼자 남은 방에서 나는 봇짐을 펼치고 앞으로의 일을 생각했다.

'으아아, 마음이 무거워.'

마음의 준비도 전혀 하지 못한 채 기숙학교에 들어왔다. 다른 사람과 함께 생활해야 한다니 역시 성가시기 짝이 없었다. 짐을 풀고 싶지도 않아 나는 벌러덩 바닥에 누웠다.

"집에 가고 싶다."

나는 아무도 없는 방에서 안심하고 대자로 누워 편안한 시간을 보냈다. 그렇게 무기력하게 뒹굴고 있는데 미닫이문이 조용히 열렸다. 그런데 아무리 기다려도 사람 들어오는 기척이 없었다. 나는 일어나지 않고 그대로 누워 있었다. 하나키 선배라면 말을 걸었을 테니까 누군가 방을 잘못 찾았다고 생각했다.

그런데 내 위에서 쌀쌀맞은 목소리가 들렸다.

"야."

"응?"

나는 고개만 돌려 문 쪽을 바라보았다. 방 입구에 서 있는 사람은 마당을 청소하던 그 무뚝뚝한 미소녀였다.

"앗, 너……."

나는 무심코 외쳤다. 놀라는 나를 무시하고 그 애는 한마디를 내뱉었다.

"남의 방에서 뭐 하는 거야?"

나는 당당하게 내 권리를 주장했다.

"남의 방이라니, 여긴 내 방이야."

"네 방이라니, 농담하지 마."

인형처럼 단정한 그 애의 얼굴이 일그러졌다. 아까는 잘 몰랐는데 목소리를 듣고 확신했다.

'뭐야, 남자였네…….'

나는 크게 한숨을 쉬었다. 내가 성별을 착각한 것도 충격이지만, 문제는 그게 아니었다. 이렇게 무뚝뚝한 아이와 같은 방을 쓰는 것은 딱 질색이다.

"농담이라니 너야말로 뭐 착각한 거 아냐?"

왜 하필 이 녀석과 같은 방일까. 같은 방을 쓴다면 좀더 밝고 친절한 아이가 좋은데.

"나는 예의를 모르는 인간은 최악이라고 생각해. 그러니 너처럼 막돼먹은 인간과 같은 방 쓰는 건 싫어. 당장 사무실에 가서 다른 방으로 변경해 달라고 말해."

"같이 쓰기 싫으면 네가 나가면 되잖아."

사무실에 가라고 남한테 명령하다니, 아주 시건방진 소리였다.

"왜 내가 나가야 하지? 먼저 온 건 나야. 네가 나가."

나는 그 말투에 발끈했다. 먼저 방에 온 게 뭐 어쨌다고. 참 쪼잔한 녀석이다.

"먼저 왔든 나중에 왔든 여긴 내 방이야. 여기 있기 싫은 사람이 나가면 그만이야."

그러자 녀석이 찌를 듯한 눈으로 나를 노려보았다. 하지만 나는 무시했다. 나를 쫓아낼 수 없다는 걸 깨달았는지 녀석이 방으로 들어왔다. 이어서 바닥에 누워 뒹구는 나를 벌레 보는 듯한 눈으로 내려다보았다.

"누워 있지 말고 빨리 정리해."

"조금 쉬었다가 할 거야."

다른 사람이 하라고 했다면 다르게 행동했겠지만, 이 녀석의 말투가 너무 열 받아서 순순히 움직이기 싫었다.

"지금 해. 나는 단정하지 못한 인간이 끔찍하게 싫어. 자기 일을 제대로 못 해서 남에게 폐 끼치는 놈은 벌레만도 못해."

방에 들어온 지 일 분도 지나지 않았는데 룸메이트에

게 벌레만도 못하다고 말하다니, 진짜 예의라고는 모르는 놈이다.

"그래? 나는 쪼잔하게 구는 놈, 게다가 남한테 자기 생각을 강요하는 놈이 끔찍하게 싫어. 그런 놈은 남의 피를 쭉쭉 빨아먹는 모기라고 생각해."

나는 히죽 웃었다. 그러자 녀석의 얼굴에 시퍼런 핏줄이 또렷하게 불거졌다.

"너…… 지금 싸우자는 거지?"

"뭐? 누가 할 소린데?"

나는 반박했다. 보통 처음 만나는 상대와는 사이좋게 지내려고 조금은 신경 쓰는데 이 녀석은 나를 처음 만났을 때부터 무시했다. 이번에는 입을 여나 싶더니 나가라고 했다. 이어서 설교까지 늘어놓다니, 사이좋게 지내려는 낌새가 전혀 없었다.

"싸움 거는 건 너잖아. 나는 네 하인이 아니야. 네 동급생이지. 똑같은 신세니까 조금은 붙임성 있게 굴어도 되잖아. 아니면 너, 누구에게나 이래? 그랬다가는 아무도 못 사귈걸."

나는 생각한 바를 그대로 말했다. 이쯤에서 녀석이 사과한다면 나도 말이 심했다고 사과할 생각이었다. 서로

한 발씩 양보하고 사이를 회복하면 좋겠다고 생각했다.

그러나 이 녀석은 사과는커녕 기분 나쁘게 웃었다.

'뭐야……'

녀석의 웃는 얼굴을 보자, 등줄기가 왠지 오싹했다. 예감은 틀리지 않았다. 녀석은 분노를 감추지 않고 말도 안 되는 짓을 벌였다.

"정리하라고 했잖아, 내 말이 안 들리냐!"

녀석이 위협적인 목소리로 버럭 외쳤다. 동시에 녀석은 내가 다다미 위에 펼쳐 놓은 짐을 걷어찼다. 그 바람에 내 세면도구와 필기구가 방에 마구잡이로 흩어졌다.

6. 격렬한 자기소개

녀석의 횡포에 나는 어안이 벙벙했다. 그러다 여기저 기로 날아간 짐을 보니 나도 발끈했다.

"너, 이게 무슨 짓이야!"

나는 녀석의 허리를 노리고 투우처럼 달려들어 태클을 걸었다. 여자처럼 곱상한 얼굴에 피부는 하얗고 팔도 가 느다란 아이. 어렵지 않게 쓰러뜨릴 수 있을 줄 알았는데 전혀 아니었다. 녀석이 내 턱에 멋진 발차기를 먹였다. 나 는 속도가 붙은 상태에서 보기 좋게 걷어차였다. 내 몸이 선반에 부딪혀 선반에 놓인 물건이 우르르 떨어졌다.

녀석은 이걸로 승부가 났다고 생각했는지 옷에 묻은 먼지를 툭툭 털었다. 하지만 나는 턱을 얻어맞고도 곧바 로 일어나 녀석에게 돌진했다. 설마 내가 일어나리라곤 생각하지 못했는지 당황한 듯한 녀석의 얼굴이 인상적이었다.

나는 녀석이 자세를 잡기 전에 들이받았다. 이번에는 녀석의 몸을 단단히 억누를 수 있었다. 그런데 녀석은 붙잡힌 상태로도 무릎으로 내 배를 걷어차고, 목 뒤를 손날로 내려쳤다.

"끄억."

나는 순간 숨 쉬지 못할 정도의 충격을 받았다. 그래도 맷집 하나만큼은 자신 있었다. 어려서부터 아빠 때문에 절벽에서 떠밀리거나 흙탕물에 빠지거나 모래사장에 넘어지는 등 끔찍한 일을 잔뜩 당했으니까. 어지간한 공격에 쓰러질 몸이 아니었다. 나는 다시 벌떡 일어나 녀석에게 달려들었고, 녀석을 쓰러뜨려 마침내 그 얼굴에 주먹을 한 방 먹였다. 하지만 녀석은 싸움에 굉장히 익숙해 보였다.

"이 원숭이가!"

녀석은 무시무시한 속도로 맞받아쳤다. 입술이 찢어지는 느낌이 났다.

'펀치가 엄청나게 날카롭네……'

이 녀석의 반응 속도로 보아 정면에서 싸우면 불리할

것 같았다. 그래서 나는 틈을 노려 녀석의 뒤로 돌아가 억누르려고 했다. 녀석의 목에 팔을 감고 힘을 주었다. 목을 조른 상태면 힘으로 내가 이길 수 있다고 믿었는데, 갑자기 녀석이 내 팔을 있는 힘껏 물어뜯었다.

"으악, 아프잖아! 반칙이야. 네가 악어냐?"

내가 비명을 질렀으나 녀석은 턱에서 힘을 빼지 않았다. 나는 녀석의 머리카락을 붙잡고 뒤로 당겼다.

"머리 당기지 마, 비겁하게!"

"먼저 물어뜯은 네 잘못이지, 이 악어 새끼야!"

내 팔은 녀석의 잇자국이 또렷하게 남아 시뻘게졌다.

"누가 악어야, 이 원숭이 새끼가!"

우리는 우당탕하며 방에서 날뛰었다. 요란한 소리를 듣고 하나키 선배를 포함한 다른 상급생과 신입생들이 몰려왔다.

"싸움 났어, 싸움!"

"으아, 엄청나네."

구경꾼이 우글우글 모였다.

"잠깐, 둘 다 그만둬!"

하나키 선배가 멈추려고 했지만 우리는 둘 다 불타올라서 그럴 정신이 없었다. 후려치기, 걷어차기, 덮치기, 당기기, 짓누르기. 규칙 따위는 없는 싸움이었다.

"둘을 떼어 놓자. 거기 너희, 좀 도와줘."

우리를 말리려는 목소리가 들리는가 싶더니 누군가 등 뒤에서 나를 붙잡아 말렸다. 그 상태로도 상대를 때리려고 하자, 몇 명이 더 달라붙었다. 녀석에게도 역시 마찬가지로 몇 명이 달라붙어 붙잡았다.

하나키 선배가 질린다는 투로 중얼거렸다.

"기숙사에 들어온 첫날 싸움이라니, 둘 다 무슨 생각이야?"

나는 정당성을 주장하려고 목소리를 높였다.

"나는 잘못 없어요! 쟤가 먼저 싸움을 걸어왔다고요!"

"먼저 손댄 건 저쪽이에요. 정리하라는 내 말을 무시하고 갑자기 날뛰었어요."

중간 과정을 다 뛰어넘고 자기가 옳다는 듯 말하는 녀석에 나는 분노가 머리끝까지 차올랐다.

"네가 내 짐 걸어찼잖아!"

드잡이는 끝났으나 말싸움은 멈추지 않았다. 우리는 정신없이 비난을 퍼부었다.

"단세포!"

"돌머리!"

"원숭이!"

"악어!"

"못난이!"

"멍청이!"

"쓰레기!"

"찌꺼기!"

둘 다 입만 살아서 멈출 줄 몰랐다. 참다못한 하나키 선배가 우리 사이에 끼어들었다.

"그만해! 둘 다 이대로 계속 싸우다가는 교장 선생님 설교 듣게 될 거야."

나는 교장 선생님 설교라는 뜬금없는 소리에 멍해졌다. 그런데 하나키 선배가 꺼낸 그 카드가 아무래도 최강의 카드인 모양이었다.

주변을 둘러싼 상급생들이 입을 모아 외쳤다.

"으악, 할아범 교장 설교."

"그거 최악이야."

"어이, 신입생. 너희를 위해서 하는 말이야. 이쯤에서 그만해라."

그 맹해 보이는 교장이 뭐 그렇게 대단한 설교를 할까 싶었지만, 분위기로 미루어 교장의 설교는 혹독한 훈련보다도 괴로운 것 같았다.

한 상급생이 충고했다.

"잘 들어. 할아범 교장이 설교를 시작하면 여섯 시간 넘도록 방에 못 돌아와. 무릎 꿇고 느릿느릿한 말투로 장시간 설교 들으면 끔찍하게 괴롭다고."

그 말에 나는 '으악!' 하고 질겁했다. 무섭게 혼쭐 나는 설교도 싫지만, 지루한 설교를 끝없이 듣는 건 더더욱 싫었다.

하나키 선배가 우리에게 물었다.

"두 사람, 자기소개는 했어?"

"아니요, 안 했어요."

"그럼 서로 이름도 모르고 싸움 시작한 거야?"

내 대답에 하나키 선배가 기막혀했다.

"둘 다 앞으로 같은 방에서 지낼 건데 인사는 해야지."

하나키 선배의 말에 나는 어쩔 수 없이 중얼거렸다.

"구로마루 소타."

녀석을 보지도 않고 다다미 금만 내려다본 채 이름을 댔다. 그러자 녀석도 벽을 보며 이름을 말했다.

"야가미 렌야."

"좋아, 일단 서로 이름은 알게 됐네. 소타랑 렌야, 지금부터 뭘 해야 하는지 알고 있지? 나도 도울 테니 방 정리 하자."

하나키 선배 말에 나는 퍼뜩 정신을 차렸다. 둘러보니 방이 엉망진창이었다. 나와 렌야가 부린 난동 때문이었다. 나는 묵묵히 정리를 시작했다. 렌야도 입을 꾹 다물고 손을 움직였다. 셋이서 정리한 덕분에 방은 간신히 원래 모습을 되찾았다. 다만 찢어진 미닫이문의 창호지는 어쩔 도리가 없어서, 구멍이 뚫린 곳을 종이로 막아야 했다. 정리를 마치자 밖은 벌써 날이 저물어 있었다.

하나키 선배가 나와 렌야에게 말했다.

"저녁 먹을 시간이네. 식당 가자."

나는 저녁이라는 말에 금방 기운이 났다. 배가 너무 고파서 선배를 재촉했다.

"선배, 빨리 가요."

하나키 선배가 말해 주었듯 방별로 행동하는 일이 정말 많았다. 식당 자리도 방별로 정해져 있어서 세로로 긴 탁자에 1호실부터 순서대로 앉아야 했다.

식사는 당번제로, 당번이 되면 음식 배급과 뒷정리를 해야 했다. 우리는 쟁반을 들고 줄을 서서 식사 당번에게

밥, 된장국, 방어조림, 시금치나물, 장아찌 그리고 토끼 모양 경단을 받았다. 든든히 먹고 싶은 내게는 조금 부족한 양이었다.

그런데 막상 밥을 먹고 놀랐다. 솔직히 생선을 별로 좋아하지 않아서 지금까지 생선조림을 딱히 맛있다고 생각한 적이 없었다. 그런데 방어를 한 입 먹자마자 입에서 맛있다는 탄성이 절로 나왔다. 맛이 잘 스며든 방어는 폭신하고 부드러워서 먹을 때마다 입이 행복했다.

"뭐야, 이거? 맛있어."

밥과 같이 먹으니까 몇 배는 더 맛있었다. 게다가 여기

밥, 평소 집에서 먹는 밥과 뭔가 달랐다. 쌀 종류가 다른 건지 밥하는 방식이 다른 건지 정확히는 모르지만, 밥이 우걱우걱 잘도 들어갔다. 건더기가 풍부한 된장국은 채소가 많은데도 맛있어서 꿀꺽꿀꺽 넘어갔다. 시금치도 그냥 평범한 맛이 아니었다. 재료가 신선한지 단맛이 강했고, 양념이 절묘하게 어우러져 잔칫상에 내도 좋을 정도였다. 단무지는 물론이고 보라색 채소절임도 아삭아삭해서 정말 맛있었다(시바즈케라는 말린 무나 가지, 오이, 생강 등을 차조기잎과 함께 썰어서 소금으로 절이는 채소절임).

생선조림, 채소 된장국, 장아찌……. 보통은 아이들에게 인기 없을 메뉴인데 왜 여기 음식은 맛있는 걸까? 게다가 간식으로 나온 토끼 모양 경단도 마음에 들었다. 삼색 경단 꼬치 중 맨 위에 꽂힌 떡이 귀여운 토끼 모양이었다.

"왠지 먹기 아깝다."

말은 이렇게 하면서 덥석 입에 넣었는데, 안에 든 달콤하고 쫄깃한 팥소도 맛있어서 최고였다.

가라스텐구 학교의 좋은 점을 단 하나도 찾지 못했던 나지만 식사만큼은 만족스러웠다. 초등학교 급식과는 하늘과 땅 차이였다. 비교할 방법은 없지만, 입학 예정이었던 사쿠라가오카 중학교의 급식도 이렇게 맛있지는 않을 것 같았다.

양이 적다고 생각했는데 하나키 선배에게 듣기로는 얼마든지 더 먹을 수 있다고 했다. 그래서 나는 밥을 세 번 더 받아 왔고 토끼 모양 경단도 다섯 개나 받아 와 아주 만족스럽게 저녁을 먹었다.

7. 첫 수업

　수업 첫날, 제일 처음 들은 수업은 '텐구학'이었다. 수업이 시작되기 전에 교과서를 대충 넘겨 봤는데, 솔직히 무슨 내용인지 전혀 알 수 없었다. 텐구학 수업은 다다미 위에 긴 책상을 놓은 교실에서 이루어졌다. 텐구학이라는 정체 모를 수업에 나는 위엄 있고 무섭게 생긴 선생님을 상상했다.

　그런데 예비 종소리와 함께 교실로 들어온 인물을 보고 학생들이 술렁거렸다. 그러고도 남았다. 교실에 들어온 사람은 열다섯이나 열여섯 살 정도로 보이는 귀여운 여자아이였다.

　교실에 있던 학생 모두 놀라서 반응했다.

　"뭐야, 거짓말."

"진짠가."

그 아이는 양 갈래로 땋은 머리에 화살 무늬 기모노, 하카마를 입고 있었다. 다이쇼 시대(1912~1926년)에서 시간 여행을 온 것 같은 옷차림이었다. 그래도 그 아이에게 잘 어울렸다. 시원시원한 눈, 하얀 피부, 앵두처럼 자그마한 입술. 체구도 작고…… 아무튼 귀여웠다.

학생들은 어리둥절해서 속삭였다.

"뭐야, 저 애가 선생님?"

"설마, 그럴 리가."

하긴 그렇지. 아무리 봐도 선생님 같지 않았다. 고작해야 우리보다 두세 살 위 정도로 보였다. 누가 봐도 중학생이나 고등학생으로 여길 것이다. 실수로 교실에 잘못 들어온 것이 아닌가 생각했는데, 모두의 주목을 받으며 그 아이가 가련한 목소리로 자기소개를 했다.

"여러분, 안녕하세요. 텐구학을 가르치는 아야메 시즈루입니다."

'진짜 선생님이었어!'

믿기 어려운 상황이었다. 그래도 무섭고 엄격해 보이는 선생님보다는 훨씬 낫지 싶었다.

그러나 이렇게 귀여운 선생님이라 다행이라고 생각한

것도 잠시, 아야메 선생님이 말했다.

"호칭 말인데, 나는 '선생님'이라고 무정하게 불리는 건 싫으니까 '아야메 쌤'이나 '시즈루 아가씨'라고 불러 주면 좋겠어요."

'아, 아가씨?'

자기 입으로 아가씨라고 불러 달라는 건 이상했다. 아야메 쌤이라면 이해해도 아가씨라니. 엄청 훌륭한 집안 출신인가? 고개를 갸우뚱하는 동안에도 자기소개가 이어졌다.

"좋아하는 건 달콤한 음식이랑 밀크티, 취미는 독서. 학교생활 하면서 어려운 점이 있으면 뭐든 상담해도 좋아요."

한 학생이 손을 들고 물었다.

"아야메 쌤, 질문이요. 쌤은 몇 살이에요?"

누구든 할 거라고 예상한 질문이었다.

그 질문에 대한 아야메 쌤의 반응은…….

"선생님은 나이를 먹지 않으니까 영원히 열일곱 살이에요."

아야메 쌤은 정확한 나이를 밝히지 않고 '영원히 열일곱 살'이라고만 했다.

학생들의 질문이 계속 이어졌다.

"아야메 쌤이 좋아하는 남자는 어떤 타입이에요?"

"글쎄, 선생님은 튼튼하고 인내심이 강한 사람을 좋아해요."

튼튼하고 인내심이 강한 사람……. 무심코 나랑 좀 비슷한 것 같다고 뻔뻔하게 생각했다.

선생님이 귀여운 것은 역시 기쁜 일이다. 게다가 밝고 학생과 허물없이 대화를 나눠서 정말 좋았다. 수업이 시작된 지 일 분 만에 아야메 쌤의 인기는 엄청났고, 학생들은 질문 공세를 퍼부었다.

아야메 쌤이 환하게 웃으며 학생들에게 말했다.

"다들 기운이 넘쳐서 좋네. 그래도 수다는 이 정도로 마무리하고 슬슬 수업 시작할게요. 텐구학이 어려워 보이지만 우리의 역사니까 배워 두면 좋겠죠? 나랑 같이 열심히 공부합시다."

'귀, 귀엽다…….'

나는 다른 수업은 몰라도 텐구학만큼은 열심히 공부하겠다고 다짐했다.

아야메 쌤이 질문했다.

"그럼 텐구가 우리 나라 서책에 처음 등장한 게 언제인지 아는 사람?"

손 드는 학생이 있을 리 없다고 생각하자마자 저요, 하고 차분한 목소리가 들렸다. 나는 목소리가 들린 쪽으로 시선을 돌렸다. 놀랍게도 그 사람은 다름 아닌 렌야였다.

"거기 학생, 대답해 보세요."

아야메 쌤이 렌야를 가리켰다. 교실 전체가 일제히 렌야를 주목했다.

"텐구가 서책에 처음 등장한 건 637년입니다."

"어떻게 기록되었는지 알고 있나요?"

"거대한 별똥별이 나타나 천둥 같은 소리를 내며 하늘을 가로질렀다는 기록입니다."

렌야가 척척 대답했다.

"공부를 열심히 해 왔네요?『일본서기』(일본의 가장 오래된 역사서로, 신화시대부터 697년까지의 전설 신화 등을 기록했다)의「천상의 여우」에 적힌 그 기록이 텐구가 텐구로서 인식된 최초의 기록이에요."

아야메 쌤이 교과서 52쪽을 펼치라고 했다. 이어서 텐구의 역사는 아주 길고, 일본의 여러 고전에 텐구가 등장한다고 설명했다.

수업은 아주 진지했다. 가라스텐구의 학교라니 웃기지도 않다고 생각한 것이 무색하게 텐구에 대해 진지하게 배울 수 있었다. 나는 선생님의 미소를 보고 열심히 공부해야겠다고 다짐한 것과 달리, 점점 자신감을 잃었다.

나는 힐끔 옆자리의 렌야를 훔쳐봤다. 교실에서도 방별로 앉아야 해서, 렌야와는 식당에서는 마주 앉고 교실에서는 옆에 앉았다. 딱히 내가 녀석의 옆에 앉고 싶어서 앉은 게 아니었다. 하지만 옆자리인 이상 렌야의 수업 태도가 보기 싫어도 눈에 들어왔다. 텐구에 관한 수업에 집중하지 않는 나와 달리 렌야는 더없이 진지하게 수업을 들었다.

오전 수업은 '텐구학' 하나여서 수업이 끝나고 곧바로 점심시간이었지만 학생들은 교과서를 갖다 두러 일단 기숙사 방으로 돌아가야 했다. 나는 수업을 마치고 유마와 복도를 걸으며 수업에 대한 감상을 나눴다.

"귀여운 선생님이었지? 열일곱 살이라면 나보다 다섯 살 위⋯⋯."

수업에 열의가 없던 나는 아야메 쌤의 얼굴만 봤다.

유마가 조용히 말했다.

"형한테 들었는데, 아야메 선생님의 진짜 나이는 아무도 모른대."

"그래? 그래도 나이가 그렇게 많진 않아 보이던데."

"응. 아무리 봐도 고등학생 정도고 진짜 귀엽지. 그런데 나이가 엄청 많다라는 소문이 있어."

"엄청 많다고?"

"아, 근데 이거 아야메 선생님한테 말했다가는 무시무시한 일이 벌어진대⋯⋯."

나는 살짝 긴장한 얼굴로 중얼거렸다.

"무시무시한 일이라니…… 무섭다."

"학교의 일곱 가지 수수께끼 같은 거라 진짜인지는 몰라."

"아야메 쌤의 나이가 학교의 일곱 가지 수수께끼라…….."

"뭐, 나는 몇 살이든 좋지만."

아무튼 아야메 쌤의 나이 문제는 건드리지 않는 편이 좋을 듯했다.

"그건 그렇고 네 옆자리, 대단하더라."

유마가 화제를 바꿔 렌야를 언급했지만 나는 흥미가 없어서 대충 대답했다.

"그러게."

우리보다 조금 앞에서 걸어가는 렌야를 보며 유마가 말했다.

"나는 네 옆자리 애랑 아직 말을 안 텄어. 소타, 소개해 주라."

"나도 쟤랑 말을 안 해서."

"어제 싸운 거? 화해했잖아."

"화해라……."

겉으로는 그랬는지 모른다. 하지만 같이 생활해 보니

진심이 우러난 화해는 분명 아니었다.

"쟤랑 말하고 싶으면 네가 직접 말 걸어 봐."

내가 거절하자, 유마는 산뜻하게 렌야에게 갔다.

그러나 유마에게 붙들린 렌야는 대놓고 귀찮다는 얼굴로 유마를 쏘아보았다. 아무래도 인사는 실패로 끝난 모양이다. 복도에 멈춰 선 유마를 따라잡자 유마는 아주 시무룩하게 말했다.

"실패했어……."

"그러게."

렌야의 태도는 도저히 친구 대하는 태도라고 보기가 어려웠다.

"친구가 되고 싶다고 했는데 사귈 생각이 없대."

"헤, 그러냐."

그걸 대놓고 말하다니 참 대단했다. 보통은 그런 생각을 하더라도 입 밖으로 꺼내지 않을 텐데. 아무튼 렌야는 특이했다.

"뭐, 신경 쓰지 마."

"그렇지. 우울해할 건 없어. 점심 먹으면 바로 오후 수업이고."

"다음 수업은 밖에서 한다며?"

"응. 그것도 그 야마 선생님!"

유마의 비통한 비명에 나는 어리둥절했다.

"오후 수업 선생님이 누군지 알아?"

"우리 형이 여기 졸업생이거든. 야마 선생님 이야기는 귀에 딱지가 앉을 정도로 들었어."

어떤 이야기인지 별로 듣고 싶지 않지만, 오후를 대비하려면 역시 알아 두는 편이 좋았다.

"어떤 선생님인데?"

유마가 장례식에라도 참석한 것 같은 침울한 말투로 대답했다.

"오늘 우리가 무사히 살아남아서 저녁을 먹을 수 있다면 그걸로 감사해야 할걸."

"무사히 저녁을 먹을 수 있다면……."

그게 뭐야. 나는 말을 잃었다.

"살아남는다니, 대체 뭘 시키길래?"

수업은 철저하게 학생의 안전을 살피면서 해야 하는 것 아닌가.

"형이 그랬는데, 첫 수업에서 선 채로 수업 마치는 학생은 매번 끽해야 한두 명 정도래."

"선 채로 수업 마치는 학생이라니, 그럼 다른 학생들은 어떻게 되는데?"

"그야 쓰러지거나 기절하거나 둘 중 하나겠지. 자력으로 기숙사에 돌아가면 일단은 합격이랬어."

"그게 뭐야."

끝난 뒤에 자력으로 움직일 수도 없다니, 군대야? 나는 순간 식욕을 잃었다. 식당에서 점심을 우걱우걱 먹을 생각이었는데, 오후에 있을 일을 생각하자 그럴 마음이 싹 사라졌다.

'쓰러져? 기절? 부탁이니까…… 누가 거짓말이라고 좀 말해 줘~!'

8. 지옥 산길 마라톤

점심을 먹은 후, 우리는 학교 건물 뒤로 모였다. 학생 모두 체육복으로 갈아입었다. 처음으로 밖에서 하는 수업이어서인지, 아니면 야마 선생님이 아주 무서운 선생님인 걸 알아서인지 다들 어딘가 긴장한 모습이었다. 수업이 시작하는 시각에 딱 맞춰서 온 야마 선생님은 위아래 모두 새까만 옷을 입었고 얼굴도 눈만 보여서 수상한 닌자처럼 보였다. 게다가 선생님은 부리가 달린 마스크까지 썼다. 얼굴을 마스크로 가렸으니 당연히 표정은 보이지 않았지만 눈빛은 아주 매서웠다. 게다가 미간에는 깊은 주름이 내 천(川) 자로 뚜렷하게 있었다.

선생님이 나직하고 웅얼거리듯 말했다.

"나는 야마라고 한다. 너희에게 가라스텐구의 가나다,

즉 기초를 가르치겠다. 가라스텐구의 기초는 체력과 완력이다. 따라서 오늘부터 한 달간은 강화 훈련을 하겠다. 자, 오늘은 첫날이니 가벼운 메뉴로 가자."

선생님이 따라오라고 지시하고 학생들 선두에 서서 달리기 시작했다. 짐승이 오가는 길 같은 곳을 선생님은 가벼운 발놀림으로 뛰어갔다. 학생들도 선생님의 뒤를 쫓았다. 건물 뒤에서 출발한 우리는 정신없이 산 아래로 내려갔다.

십오 분 후.

우리는 폭포가 떨어지는 연못에 도착했다. 수량이 제법 많아서 폭포에서 우르릉우르릉 소리가 났다. 수면에 튀어 오른 물보라가 안개처럼 변해 땀에 푹 젖은 몸을 기분 좋게 적셨다. 시원해서 쉬기에 좋은 장소였다.

'여기에서 쉬는 건가?'

그런데 쉬기는 무슨. 야마 선생님은 연못 주위를 한 바퀴 돌더니 이번에는 다른 길로 산을 오르기 시작했다.

"어라, 휴식은?"

선두 집단의 학생 몇 명이 당황해서 말했으나 야마 선생님에게는 들리지 않은 것 같았다. 야마 선생님은 성큼성큼 영양처럼 산길을 뛰어 올라갔으나 뒤를 쫓는 학생들은 그러지 못했다. 익숙하지 않은 산길 달리기는 상상 이상으로 체력을 빼앗았다. 결국 시작 지점에 돌아왔을 때는 학생 대부분 숨이 차서 헉헉거렸다. 다들 이렇게 달리기가 끝나는 줄 알았을 것이다. 그런데 야마 선생님이 말도 안 되는 소리를 했다.

"너희, 지금 걸었던 길 기억하지?"

꽤 빠른 속도로 달렸는데 야마 선생님에게는 '걷기'였나 보다.

선생님이 학생들에게 명령했다.

"그럼 일단 방금 루트를 열 바퀴 돌고 오도록."

'열 바퀴? 오늘은 가벼운 메뉴라며!'

나는 귀를 의심했다. 방금 루트를 열 바퀴라니, 학교 마당을 열 바퀴 뛰는 것과 전혀 다르다. 한 바퀴를 달리는 데 사십 분 가까이 걸렸다. 그걸 열 바퀴나 뛰면 지치지 않고 똑같은 속도로 뛴다고 쳐도 여섯 시간이 훌쩍 넘는 여정이다.

'여섯 시간 이상이라니 마라톤보다 심하잖아……. 무슨 선생님이 가벼운 메뉴라면서 학생에게 마라톤 이상의 거리를 달리라고 시켜? 이러다 진짜 죽는다고.'

우리는 선생님이 농담이라고 말해 주기를 기다리며 땅

바닥에 털퍼덕 앉았다.

그러자 선생님이 말했다.

"너희, 귀가 안 붙어 있냐? 빨리 가라. 저녁 시간에 늦는다."

하는 수 없이 우리는 선생님에게 거의 쫓겨나듯이 방금 다녀온 코스를 다시 뛰었다.

나는 뛰면서 지름길이 없는지 살폈다. 그러나 선생님을 아는 한 학생이 꾀를 부렸다가는 끔찍한 일이 벌어진다고 말해서 살피는 것을 그만두었다.

우리는 선생님의 감시를 받으며 산을 두 바퀴, 세 바퀴, 네 바퀴 달리고 또 달렸다. 모두 서로 대화를 주고받을 기력도 없었다. 묵묵히 다리를 움직였다. 체육 수업이 힘들다고 생각한 적이 한 번도 없었는데, 여기에서는 이미 첫 수업부터 괴로워서 미칠 것 같았다.

다섯 바퀴쯤 달리자 선두와 꼴찌가 한 바퀴 넘게 차이 나기 시작했다. 선생님은 체력이 부족한 학생에게 손을 내미는 다정함은 손톱만큼도 없었다.

속도가 느려진 학생에게는 "뭘 꾸물꾸물 걷는 거냐. 해가 저문다"라고 외쳤고, 비틀비틀 걷는 학생에게는 "거기, 너 말라붙은 갓파(갓파는 물속에 산다고 알려진 일본 요괴. 정수리에 물이 담긴 접시가 달렸고 다른 부분은 사람처럼 생긴 외형이다. 접시의 물이 마르면 힘을 잃거나 죽는다고 한다)냐? 가라스텐구라면 더 빠릿빠릿 움직여"라고 외쳤다.

또 땅바닥에 쓰러지고 만 학생에게는 극기 훈련의 호랑이 교관도 깜짝 놀랄 야유를 보냈다.

"왜 그냥 달리는 것도 못하지? 그래서는 하늘을 날기는커녕 땅바닥을 꿈틀꿈틀 기어 다니기나 할 거다."

우리는 야마 선생님의 야유를 두려워하며 그저 무작정 산을 빙글빙글 돌았다. 선생님은 대체 어떻게 아는지 누가 몇 바퀴를 뛰었는지 기억했다.

"유마, 앞으로 두 바퀴."

"소타, 앞으로 두 바퀴."

"아오이, 앞으로 세 바퀴."

"요헤이, 앞으로 네 바퀴."

학생들이 꾀를 부릴 여지를 전혀 주지 않았다.

해가 저물어 주위가 어두워졌는데도 나는 여전히 달렸다. 달렸다기보다 좀비처럼 그저 앞으로 나아갔다. 불빛 하나 없는 산길이었다. 길을 헤매지 않은 건 나무 여기저기에 표식처럼 붙여 놓은 형광 테이프 덕분이었다. 어두워지리라 짐작하고 미리 붙여 놨겠지. 정말이지 용의주도

하다. 이래서는 한밤중이 되어도 그만 달리라고 할 것 같지 않았다. 나는 비명을 지르는 근육을 무시하고, 이미 감각 잃은 다리를 질질 끌며 앞으로 나아갔다. 단 한 가지 희망은 이게 마지막 바퀴라는 것이다. 오로지 기력만으로 내려가는데, 앞에서 첨벙하는 큰 소리가 들렸다.

'누가 용소(폭포수가 떨어지는 지점에 깊이 팬 웅덩이)에 빠지는 소리 같은데?'

어쨌든 자연적인 소리는 아니었다. 나는 의아하게 여기며 반환점인 연못에 도착했다.

"조금만 더, 조금만 더…….."

이제 산만 올라가면 골인이라고 생각한 나는 연못 옆에 선 상급생을 발견했다. 상급생은 달려오는 내게 선생님의 말을 전했다.

"이 앞으로 가면 선생님이 폭포 상류에서 기다리니까 못 보고 통과하지 않도록."

"폭포 상류에서 기다린다고요?"

완전히 갈라진 목소리로 물었지만 상급생은 더는 대답해 주지 않았다. 폭포 상류라는 말에 불길한 예감만 들었다. 그때, 소름 끼치는 비명이 들렸다.

"으아악!"

비명과 함께 폭포 위에서 누군가가 떨어졌다.

풍덩!

엄청난 소리를 내며 용소에 빠지더니, 갓파처럼 수면에서 불쑥 고개를 내민 사람은 같은 반 학생이었다. 그 순간, 나는 이 앞에서 나를 기다리는 운명을 알았다. 오늘 수업은 단순히 학생들에게 산을 달리게 하고 끝나는 것이 아니었다. 야마 선생님, 진짜 끔찍한 생각을 했구나.

나는 이제부터 이 용소에 떨어질 것이다. 잘못한 게 아무것도 없는데. 얼굴에서 땀인지 눈물인지 모를 것이 줄줄 흘러내렸다. 그러나 도망칠 수는 없었다. 내가 뭘 하는지 자각하지 못한 채 폭포 위로 향했다. 그곳에는 마스크를 쓴 야마 선생님이 있었다. 어둠 속에서 보이는 그 모습이 너무 무서워서 아무 말도 나오지 않았다.

나를 보자마자 선생님이 명령했다.

"내려가라."

"아니, 내려가라니요. 계단이 없는데요?"

아래는 용소였다. 이건 내려가라는 것이 아니라 떨어지라는 말이었다.

"시끄럽게 종알대지 말고 가!"

선생님이 가볍게 내 어깨를 툭 건드렸다. 그건 정말 가벼운 터치였다. 그런데 정신을 차리자 내 몸은 허공에 떠 있었다.

"으갸악!"

내가 들어도 어이없는 비명을 지르며 용소를 향해 떨어졌다. 강한 충격과 함께 물이 코와 입으로 마구 들어와 나는 정말 죽는 줄 알았다. 그런데 운이 좋은 건지 나쁜 건지 죽지 않고 수면 위로 올라왔다.

'사, 살아 있어?'

도저히 믿을 수가 없었다. 용소에 떨어졌으니 당연히 온몸이 다 젖었다. 물을 잔뜩 흡수한 옷이 축축해서 기분 나빴다. 연못에서 간신히 올라왔으나 몸이 어찌나 무거운지, 나는 그 자리에 쓰러졌다.

아까 만났던 상급생이 나를 내려다보며 말했다.

"앞으로 반 바퀴니까 힘내."

산을 오를 체력 따위 눈곱만큼도 남지 않았지만 그렇다고 여기 쓰러져도 아무도 구해 주지 않을 것 같았다.

'틀림없이 그냥 버리고 갈 거야.'

나는 산 중턱에서 시체가 되기 싫다는 일념으로 산을 기어올랐다. 간신히 골인 지점에 도착하니 모두 죽은 듯이 쓰러져 있었다. 산 중턱인데 모두 배를 타다 조난한 사람처럼 흠뻑 젖은 채 축 처져서 누워 있었다.

나는 유마의 말을 떠올렸다.

"형이 그랬는데, 첫 수업에서 선 채로 수업을 마치는 학생은 매번 끽해야 한두 명 정도래."

아아, 정말 그 말이 맞았다. 나는 점점 의식이 멀어지는 것을 느꼈다.

9. 풍뢰중이란

첫 수업 이후로 2주가 지났지만 여전히 지옥이었다.

오전에는 교실에서 수업, 오후에는 밖에서 수업인 일과가 계속됐다. 솔직히 숨 돌릴 여유도 없었다. 오전 중에 지식을 터질 듯이 쑤셔 넣은 뒤, 오후에는 체력을 한계까지 짜내야 했다. 덕분에 기숙사에 돌아오면 그대로 기절했다. 숙제가 있으면 더 비참했다. 움직이지 않는 몸, 졸음이 쏟아지는 머리로 어떻게든 해야 하니까. 유일하게 마음 둘 곳은 친구뿐이었다.

2주쯤 지나자 아이들 얼굴과 이름을 모두 알게 됐다. 내가 자주 대화 나누는 사람은 같은 방을 쓰는 하나키 선배지만, 동급생 중에서는 2호실 친구들과 제일 친했다. 방이 바로 옆이라 오가기도 편했다.

2호실은 상급생을 포함해 다섯 명이 썼다. 그중 '다쓰 선배'라고 부르는 2학년 미야나가 다쓰미는 키도 크고 외모도 괜찮은, 말하자면 '금발 미소년'이었다. 이런 산속에 틀어박혀 사는데도 아래 세상에 여자친구가 네댓 명이나 있는 대단한 선배였다. 수업과 숙제에 쫓기느라 데이트할 여유가 없을 텐데, 다쓰 선배는 적당히 대충하면 어떻게든 된다고 했다.

2학년은 다쓰 선배 한 명이고, 남은 네 사람은 살랑대는 시조 유마, 스포츠맨 타입인 혼고 야마토, 안경 쓴 모범생 미즈키 아오이, 달리기도 공부도 다 못한다고 주장하는 하세 요헤이다.

우리 방은 다섯 명이 쓰는 방을 셋이서 쓰니까 널널하지만, 야가미 렌야가 있었다. 무뚝뚝한 녀석과 어울리느니 좁아도 다섯 명이 사는 방이 훨씬 낫지 싶었다. 그 녀석은 "비켜" "거슬려" "시끄러워" 이렇게 세 마디만 했다. 말을 좀 길게 하라고 말하고 싶은데, 첫날 싸움 이후로 그 녀석은 나를 자기 눈에 담지 않기로 다짐한 모양이었다. 쉽게 말해 철저히 나를 무시했다.

오늘도 평소처럼 2호실에서 렌야에 대한 불평을 늘어놓는데, 듣고 있던 다쓰 선배가 말했다.

"걔, 성씨가 야가미지? 그렇다면 그 정도는 어쩔 수 없어."

"어쩔 수 없다니 무슨 뜻이에요?"

이해하지 못한 나는 눈을 동그랗게 떴다. 다쓰 선배가 금발을 만지작거리며 말했다.

"야가미 가문은 가라스텐구 명문가거든."

"명문가라면, 좋은 집안 출신이란 소리예요?"

"단순히 좋은 집안 수준이 아니라 엘리트 중의 엘리트야. 야가미 가문은 요즘 세상에 드문 혈통주의야. 결혼도 가라스텐구의 피를 이은 집안에서만 상대를 찾고, 졸업 후의 진로도 정해져 있어."

"진로가 정해져 있다니요?"

그러고 보니 가라스텐구 학교의 졸업 후 진로는 무엇일지 궁금했다.

"일반적으로는 '풍뢰중'이 되거나 집안 사업을 돕거나. 보통 둘 중 하나야."

"저기, 풍뢰중이 뭐예요?"

질문에 뭔가 문제가 있었는지 모두의 시선이 내게 쏠렸다.

다들 입으로는 말하지 않아도 눈빛으로 '풍뢰중을 모

른다고?'를 외쳤다.

"음, 풍뢰중(風雷衆)은 쉽게 말하면 아야카시(괴이한 일이나 불가사의, 요괴 같은 것을 통칭하는 말)를 사냥하는 사람들이야. 바람을 타고 천둥을 다루는 가라스텐구를 이르는 말이지. 아야카시로부터 사람들을 지키는 일을 하니까 그들이야말로 가라스텐구 세계의 엘리트 집단이야."

일단 풍뢰중이 엘리트 집단이라는 건 알겠다. 하지만 그런 설명을 들어도 내 머릿속에는 두 개, 세 개나 되는 물음표가 동동 떠올랐다.

"저기, 아야카시가 뭐예요?"

다쓰 선배의 말대로라면 마치 이 나라에 요괴가 있는 것 같았다.

"엥, 소타는 본 적 없어? 도깨비불이나 꼬리가 두 개 달린 고양이, 한 번은 봤을 텐데?"

유마가 너무 당연하다는 듯이 물어서 나는 반사적으로 대답했다.

"그런 게 세상에 어딨어!"

"그래? 아직 본 적 없구나. 하긴 도시에 살면 아야카시 존재를 느끼기 어려울지도 몰라. 그래도 어딘가엔 있어."

다쓰 선배는 진심으로 말하는 듯 보였다.

"아야카시 같은 건 다 공상인 줄 알았는데……."

"여기에서 생활하면 보기 싫어도 보게 될 거야."

"혹시 이 산에도 아야카시가 있어요?"

"뭐, 역사 깊은 산이니까. 찾아보면 다양하게 있을걸."

아무렇지 않게 아야카시가 있다고 하니까 나는 어떻게 반응해야 좋을지 몰랐다.

그때 무술 수업에서 두각을 보이는 야마토가 말했다.

"아야카시 같은 걸 겁내면 학교 졸업하기 어려울걸?"

야마토는 까무잡잡하고 위협적인 얼굴을 내게 쑥 들이밀었다.

"나는 풍뢰중이 되려고 이곳에 왔는데, 너는 아무것도 모르고 왔구나?"

"으응……."

아빠는 아야카시 같은 소리는 입도 벙긋하지 않았다. 가라스텐구에 관해서만 입을 다문 게 아니었다. 아빠는 제일 중요한 사실을 숨기고서 나를 이곳에 보냈다.

"그런데 아야카시 사냥하는 건 위험하잖아. 그런데도 너는 풍뢰중이 되고 싶어?"

"위험해도 보람 있는 일이니까."

야마토는 전혀 동요하지 않았다.

　"우리 가라스텐구에게 풍뢰중은 영웅이야. 동경하는
존재지."

　다쓰 선배까지 그렇게 생각하다니 놀라웠다.

　"야마토뿐만 아니라 다쓰 선배도 유마도 아오이도 모
두 풍뢰중이 되고 싶어?"

　"그러려고 이 학교에 온 거야. 여기는 풍뢰중 양성 기관
이거든."

　그러니까 나는 아무것도 모른 채 풍뢰중 양성 기관에

입학했다는 소리네?

'잠깐만, 이거 거짓말이지······.'

나는 힘든 것도 괴로운 것도 혹독한 것도 다 싫은데, 내가 입학한 이 학교가 그 모든 위험천만한 일을 하는 풍뢰중이 되기 위한 학교라니 웃기지도 않았다.

'남의 장래를 자기 멋대로 정하다니.'

나는 아빠에게 마구 욕을 퍼붓고 싶었다.

"뭐, 풍뢰중은 하고 싶다고 해서 할 수 있는 게 아니라서 어렵겠지만. 매년 졸업생 중에서도 풍뢰중이 되는 사람은 많아 봤자 한두 명이야. 한 명도 나오지 않는 해가 몇 년이나 이어진 적도 있었어. 물론 반대로 몇 명이나 나온 특별한 해도 있었고."

그러면서 풍뢰중은 성적 우수는 물론이고 비행술과 우술 실력도 뛰어나야 한다고 했다.

"그럼 풍뢰중이 안 된 학생은 평범한 생활로 돌아갈 수 있어요?"

나는 '평범'을 유난스럽게 강조했다.

"집안 사업을 물려받는 학생도 제법 있지만, 인간 사회에 돌아가 평범한 고등학교나 대학에 가서 취직하는 학생도 많아."

'와, 다행이다……. 풍뢰중이 되지 못해도 전혀 문제없네.'

나는 마음을 푹 놓았다.

"이런 큰일이네. 데이트하러 갈 시간이야."

"지, 지금부터요?"

나는 놀랐다.

"기숙사 소등 시간까지는 올 거야. 그럼 잘 부탁해."

다쓰 선배가 손을 팔랑팔랑 흔들고 방에서 나갔다.

유마가 부럽다고 중얼거렸다.

"부럽다, 다쓰 선배. 나도 산에서 내려가고 싶어."

"너 비행술 잘하잖아. 날아서 다녀오지 그래?"

비행술이라면 편도 여섯 시간이나 걸리는 산길도 십오 분이면 내려갈 수 있다고 들었다.

"나도 숙제가 없으면 그러고 싶어."

유마가 자기 책상에 산더미처럼 쌓인 교과서를 힐끔거렸다. 애초에 상급생 중에서도 데이트할 여유가 있는 학생은 몇 없었다. 하물며 1학년은 죽을 각오로 공부하지 않으면 순식간에 뒤처질 게 뻔했다.

"제출해야 하는 숙제가 텐구학 리포트 두 장, 인심술은 과제 도서 한 권, 우술은 월요일에 실기 미니 테스트……."

일주일에 하루 쉬는데 숙제 양이 어마어마했다. 선생님들은 하루가 스물네 시간인 걸 모르나?

"대체 숙제가 왜 이렇게 많냐고~!"

10. 연습만이 살길

우리는 상의 끝에 리포트와 과제 도서를 분담하기로 하고, 일단 우술 연습부터 하기로 했다.

"나, 우술은 잘 모르겠더라."

지금까지 두 번 수업을 받았는데, 나는 전부 다 엉망이었다. 야마 선생님은 가라스텐구가 우술을 다룰 줄 알아야 비로소 제 몫을 한다고 했다.

"잘 모르겠다고 손 놓고 있을 상황이 아니야. 가라스텐구가 우술을 못 쓰는 건 마법사가 마법을 못 쓰는 거랑 같아."

야마토가 구체적인 예시를 들어 설명해서 나는 말문이 막혔다.

"그럼 큰일이잖아."

"그렇지. 큰일이야."

완벽하게 정곡을 찔렸다.

"근데 나도 우술은 잘 못 해. 비행술과 다르게 너무 자잘하단 말이야."

"괜찮아. 연습하면 할 수 있어."

미즈키 아오이가 옆에서 말했다. 자그마한 체구에 안경을 낀 아오이는 무술이나 마라톤 같은 체력을 쓰는 일은 못하지만 아는 게 많고 우술 실력도 뛰어났다.

"우술은 요령을 파악할 때까지가 어려운데, 일단 요령을 파악하면 연습하는 만큼 숙달할 수 있어."

"진짜? 비행술처럼 타고난 감각이 있어야 하는 거 아니야?"

나는 의심이 많았다.

"비행술은 코어나 균형 감각이 중요하지만, 우술은 연습량이 곧 실력이 되거든."

유마가 아오이에게 물었다.

"그럼 렌야가 그렇게 잘하는 건 그만큼 연습했기 때문인가?"

"렌야의 우술은 우리와 비교할 수도 없는 수준이야. 어려서부터 꾸준히 훈련을 쌓지 않는 한 그 정도 수준이 될 수 없어."

"뭐야, 걔 그렇게 잘해?"

렌야의 실력이 괜찮다는 것은 야마 선생님의 태도를 보고 대충 짐작했다. 그래도 반 아이들 중에서 우술 실력이 뛰어난 편인 아오이가 이렇게 말할 줄은 몰랐다.

"우술 기술로만 따지면 상급생도 렌야를 이길 수 있을지……."

"으아, 역시 렌야는 대단하구나."

순수하게 감탄하는 유마와 달리 나는 발끈했다.

'하여간 재수 없는 놈이네.'

엘리트 가문인지 뭔지 몰라도 한 걸음이나 두 걸음 수준이 아니라 백 걸음을 남들보다 앞서 걷는 렌야가 자꾸만 내 신경을 건드렸다. 다른 학생이 잘한다는 소리를 들으면 전혀 화가 나지 않는데, 이상하게 그 녀석만은 예외였다.

"그러니까 남을 얕보는 건가."

입학식 이후로 2주 정도 시간이 지나자 다들 차츰차츰 기숙사 생활에 익숙해지고 그럭저럭 주변 사람과 친하게 지냈다. 그런데 렌야는 아무와도 대화를 나누지 않고 친구를 사귀지도 않았다. 한 마리 고고한 늑대같이 보이지만, 벽을 세우고 아무와도 말하지 않는 녀석의 모습은 내 눈에는 싸움을 거는 것으로만 보였다.

"걔는 남이랑 협력하는 건 절대 못 할 거야. 지금까지 친구 사귀어 본 적도 없을걸?"

아오이가 타일렀다.

"소타. 말이 너무 심하네."

하지만 워낙 그 녀석에게 불만이 쌓인 탓에 나는 입이 멈추지 않았다.

"그 녀석 집안은 다 엘리트잖아. 주변 사람들이 우수하니까 친구 따위 없어도 상관없었을지도 모르겠네. 하지만 남들과 어울리는 방법도 모르면서 풍뢰중이 될 수 있겠어?"

렌야가 실기나 이론 공부에 항상 전력을 쏟는 건 풍뢰중이 되고 싶기 때문일 것이다. 그쯤은 나도 안다. 하지만 내가 보기에 렌야는 인간으로서 부족한 점이 있는 것 같았다.

야마토가 당연하다는 듯이 말했다.

"풍뢰중은 기본 2인 1조로 일하고 동료와 협력해서 움직일 때도 많아. 협조성은 아주 중요한 요소야."

"그렇다면 아무리 우수해도 한 마리 늑대 같은 그 녀석은 풍뢰중이 못 되겠네."

"소타, 그만해!"

유마가 날카롭게 외치는 바람에 고개를 돌리자, 2호실 방의 활짝 열린 문 앞에 렌야가 서 있었다. 우연히 복도를 지나가던 중이었나 본데, 렌야의 표정을 보니 전부 들은 것 같았다. 렌야가 이글거리는 눈으로 나를 노려보았다.

"저기, 소타도 아마 말이 심했다고 반성하고 있을 거야."

유마가 나를 도와주려고 했으나 렌야는 꼼짝도 하지 않았다. 아오이도 진심으로 한 말은 아닐 거라고 도와주었으나, 렌야의 귀에는 그 누구의 말도 들리지 않는 것 같았다.

유마가 아무 일도 없었다는 듯이 렌야에게 제안했다.

"저기, 우리 지금 연습장 가서 우술 연습할 건데 같이 갈래? 넌 우술 잘하잖아. 우리한테 좀 가르쳐 줘. 소타도 괜찮지?"

유마는 의사를 묻는 척하면서 불평하지 말라는 시선을 내게 보냈다.

"뭐, 딱히 오거나 말거나 상관없어."

나도 말이 심했다고 생각해서 같이하고 싶다면 상관없었다.

유마가 재차 확인했다.

"응? 렌야, 괜찮지?"

아오이도 적극적으로 말을 걸었다.

"같이 가자, 렌야."

"됐어, 나는 안 가."

그러나 렌야 녀석은 단호하게 거절하고 자기 방에 돌아갔다. 말 붙일 엄두를 내지 못할 정도로 쌀쌀맞달까, 모처럼 유마와 아오이가 배려해 줬는데 자기가 나서서 냉정하게 잘라 냈다.

'쟤는 진짜…….'

나는 맹렬하게 분노했다.

"말해 봤자 소용없다니까!"

옆방에 있는 렌야에게 들릴 정도의 목소리였다. 그래도 유마와 아오이는 어른스러웠다.

"뭐, 어쩔 수 없지."

"그래, 오늘은 사정이 안 맞았을 수도 있고."

두 사람도 화가 날 법한데 그러지 않으니까 나는 머쓱해졌다.

"저 녀석 태도는 열 받지만 그렇게 일일이 화내서 좋을 게 없어."

야마토까지 그렇게 말하니까 계속 화내는 것이 이상한 것 같았다. 나는 기분을 풀고 유마, 야마토, 아오이, 요헤이와 함께 산 중턱의 연습장으로 향했다.

연습장은 우술 수업을 하는 곳이었다. 지붕이 있는 체육관 같은 건물이 아니라 그냥 야외였다. 주변에 기둥처럼 가늘고 길쭉한 바위와 말뚝처럼 바닥에 박은 바위가 여러 개 있는, 아주 독특한 곳이었다.

나는 연습장을 쭉 둘러보며 말했다.

"언제 봐도 신기한 곳이야."

아는 게 많은 아오이가 지식을 선보였다.

"이곳은 옛날에 학교가 생기기 전에 여길 터전으로 삼은 가라스텐구 놀이터였대. 바위에서 바위로 훌쩍훌쩍 날아다니는 가라스텐구의 모습이 자주 목격되었대."

"그럼 비행술을 익히면 우리도 바위 꼭대기까지 거뜬히 올라갈 수 있다는 거네?"

나는 믿을 수 없어 거대한 바위를 올려다보았다. 저 거대한 바위 꼭대기에서 발 한번 잘못 디뎠다가는 그대로 바닥에 곤두박질칠 것이다. 잘못돼도 이상하지 않을 높이다.

"그래서 가라스텐구는 날 줄 알아야 하는 거야."

"지금 수업은 체력 단련만 하니까 재미없지만."

아오이와 유마가 차례로 말했다. 유마의 말처럼 비행술 수업은 체력 단련에만 집중되어서 재미없었다.

야마토도 깃털 부채를 움켜쥐며 말했다.

"나는 이 연습장을 자유롭게 날아다니고 바람을 일으켜서 바위를 부수는 사람이 되고 싶어."

"바위를 부순다고? 그럼 여기 뚝 부러져서 굴러다니는 바위는 누가 깃털 부채를 써서 저렇게 한 거야?"

나는 주위의 바위를 둘러보았다. 연습장 바닥에는 원래 다른 기둥처럼 서 있었을 바위 몇 개가 누워 있었다. 칼로 싹둑 잘라낸 것 같은 단면이 보이는 바위도 있었다.

아오이가 설명했다.

"그건…… 아마도 10년 전에 풍뢰중과 여우 요괴인 요호(妖狐)가 싸운 흔적일 거야."

"풍뢰중과 요호가 싸운 흔적?"

요호라니. 진짜 말 그대로 여우 요괴를 말하는 건가 싶었다. 만화에 나와서 인기가 좋은 요괴라 나도 들어본 적은 있었다.

"10년 전에 풍뢰중이 쫓던 요호가 이 산으로 도망쳐 왔다는 이야기를 들은 적 있어."

"쫓겼다는 건 그 요괴가 나쁜 짓을 했다는 건가?"

"뭐, 그렇겠지."

"그래서 어떻게 됐어?"

"풍뢰중과 사흘 밤낮 사투를 벌인 끝에 요호가 용소로 추락했대. 이 부러진 바위는 그때 싸움의 흔적이고."

"용소에 떨어졌다면 죽지는 않은 건가?"

아오이가 장담하는 말투로 말했다.

"이 산에 오기 전에 이미 치명상을 입었고 거기에 사흘 밤낮으로 싸운 끝에 용소에 떨어졌으니까, 아마 살아남지 못했을 거야.".

"시체는 발견 못 한 거야?"

혹시 이 산에 살아 있을지도 모른다고 생각하니 오싹했다.

"시체를 발견 못 하는 건 당연해. 아야카시는 죽으면 사라지니까."

"아, 그런가."

나는 단순히 무식을 자랑한 셈이었다. 생각해 보니 아야카시 시체가 남았다면 대대적인 소동이 일어났을 터였다.

"이 산은, 연습장은 물론이고 여기저기 아야카시 발톱

자국이 남아 있어."

산이라면 으레 괴담이 한두 개쯤 있기 마련이지만, 여기는 정말로 아야카시가 있을 것 같아서 웃음이 나오지 않았다.

"곰이나 원숭이를 조심하라는 말은 들었는데……."

"사실은 더욱 조심해야 할 게 따로 더 있다는 거지."

아오이가 후후후 불길하게 웃었다.

11. 바람을 다루는 테스트

연습장의 전투 이야기를 들은 후, 나는 얼른 깃털 부채를 흔들어 보았다. 손에 든 부채는 학교에서 빌려준 깃털 부채였다. 크게 벌어진 팔손이나무잎을 흔히 '가라스텐구의 깃털 부채'라고 부르는데, 내가 들고 있는 깃털 부채는 이파리가 아니라 진짜 새의 깃털로 만든 것이다. 학생들은 보통 학교에서 빌려준 깃털 부채를 써서 바람을 일으키는 연습을 했다. 일단 산들바람 정도를 만들 수 있으면 된다고 들었는데…….

"이 깃털 부채, 아무리 흔들어도 바람이 안 생겨."

나는 붕붕 깃털 부채를 흔들었다.

야마토가 말했다.

"그냥 힘이 부족한 거야."

"힘이라니, 있는 힘껏 흔드는데?"

나는 깃털 부채를 쥔 손에 힘을 주었다.

"그 힘이 아니라 가라스텐구가 지닌 신통력 말이야. 그게 없으면 깃털 부채를 아무리 흔들어도 소용없어."

신통력이 필요하다고?

"그럼 내가 바람을 못 일으키는 건 나한테 그 신통력이 전혀 없어서인가?"

나는 충격을 받았다. 하긴 나는 얼마 전까지만 해도 평범한 초등학교에 다닌 평범한 인간이었다. 중학교 입학 직전에 갑자기 아빠한테 내가 가라스텐구라는 소리를 들었지만, 알고 보면 가라스텐구의 피를 한 방울도 물려받지 않았을 가능성도 있다.

"역시 나는 평범한 인간인가……."

"아니야. 선서의 방에 들어가서 선서문에 손도장을 찍었다면 신통력이 전혀 없다고 할 순 없어."

아오이의 말에 내 귀가 쫑긋 서는 것 같았다.

"어, 진짜?"

"응. 선서의 방에서 할아범 교장이 건네는 종이는 평범한 인간이 손바닥에 인주를 묻혀 도장을 찍으면 흔적이 남지 않는다고 들었어."

"그럼 나는 신통력인지 뭔지를 일단 가지고 있다는 거네?"

그런데 바람이 전혀 생기지 않는 것은 무슨 이유 때문일까.

"소타, 넌 집중력이 고르지 않아서 그래."

"고르지 않……."

집중력이 부족한 건 나도 잘 안다. 뭐랄까, 나는 집중을 잘할 때와 못할 때의 차이가 심하다.

"깃털 부채 자루는 너무 힘줘서 쥐지 말고 가볍게 드는 정도가 좋아."

아오이가 설명하며 자기가 든 깃털 부채를 가볍게 흔들었다. 그러자 너무도 쉽게 바람이 생겼다. 아오이가 일으킨 바람은 땅 위의 나뭇잎을 춤추게 하고 자갈을 날리고 모래를 흩뿌렸다.

"대단하다."

나는 눈을 껌벅였다.

"중요한 건 바람의 흐름을 읽는 거야."

"바람의 흐름을 읽는다……."

"바람이 부는 것 같지 않은 곳이라도 반드시 바람의 흐름이 있어. 바람의 흐름을 읽고 그 흐름을 따라 깃털 부채를 흔들어야만 바람이 생겨."

나는 아오이의 설명대로 연습장에 존재하는 바람의 흐름을 찾아보았다. 그러나 대체 어디에 그 바람의 흐름이 있다는 건지 도무지 감을 잡지 못했다.

"으아, 전혀 모르겠어."

바람이 부는 건 알겠는데 흐름인지 뭔지를 느끼지 못했다. 그래서 대충 감으로 깃털 부채를 흔들어 보았지만, 바람은 전혀 생기지 않았다.

"역시 난 재능이 없나 봐."

당장 월요일에 미니 테스트가 있는데, 나는 연습하는 내내 바람을 일으키지 못했다.

고백하자면, 월요일 전에 운석이 떨어져서 지구가 산산조각이 나면 좋겠다고 바랐다. 그러나 나의 바람이 무색하게 월요일은 아무 탈 없이 찾아왔다.

"하아, 야마 선생님한테 들입다 욕먹겠지."

나는 따끔따끔한 위 근처를 누르고 우술 수업을 들으러 갔다. 걸어가면서 나는 야마 선생님이 내게 어떤 비난을 퍼부을지 상상했다.

"구로마루 소타, 실격!"

그 나직한 목소리로 또렷하게 말하겠지. 그다음에 이런 말이 이어질 거다.

"깃털 부채로 바람 하나 일으키지 못하다니 너는 가라스텐구가 아니라 갓파 아니냐. 식당에 가서 접시를 받아 머리 위에 올리지 그래?"

렌야와 마찬가지로 최소한의 말만 하는 야마 선생님. 그런데 사람을 비난할 때면 혀가 기름칠한 것처럼 돌아가

는, 하여간 성격 나쁜 사람이다.

"아휴……."

나는 수업을 생각하며 한숨을 쉬었다. 그러자 바로 뒤에서 요헤이 역시 새파랗게 질린 얼굴로 한숨을 쉬었다.

아오이가 우리에게 힘을 주려는 듯이 말했다.

"괜찮을 거야. 바람의 흐름만 읽으면 바람을 일으킬 수 있어."

나는 힘없이 대답했다.

"그 바람을 못 읽어서 이러는 거라고."

연습장에 모인 학생들 얼굴빛은 다들 별로였다. 모든 학생이 세 번째 수업만에 테스트받는 것은 아무리 봐도 너무 이르다고 생각하는 듯했다. 지금 시점에서 바람을 제대로 다루는 학생은 반에서 렌야와 아오이 이외에 몇 명뿐이었다. 나머지는 산들바람도 못 되는 바람을 일으키는 학생과 부채를 있는 힘껏 흔들어서 흙먼지를 날리는 나 같은 학생뿐이었다. 흙먼지도 신통력이 아니라 힘으로 일으킨 것이니까 실격일 게 뻔했다.

수업 시간이 되자 야마 선생님이 나타났다. 평소처럼 얼굴에 부리 마스크를 쓴 채였다. 잡담이나 인사도 없이 선생님은 최소한의 말만 했다.

"오늘은 너희의 우술 습득 정도를 확인하겠다. 이름을 부르면 깃털 부채를 가지고 나와라."

처음으로 이름이 불린 학생은 렌야였다. 왜 렌야가 처음이냐면, 가라스텐구 학교는 이름순으로 만든 출석 번호가 따로 없기 때문이다. 그래서 야마 선생님은 첫 수업 때 산 달리기에서 골인한 순서대로 부르기로 한 것 같았다. 즉, 그때 1등으로 골인한 사람이 렌야라는 말이었다.

야마 선생님에게 불린 렌야가 깃털 부채를 들고 앞으로 나갔다.

"깃털 부채를 써서 저 나무에 있는 붉은 공을 떨어뜨려라."

야마 선생님이 가리킨 나뭇가지 사이에는 축구공보다 조금 작은 붉은 공이 오도카니 걸려 있었다. 선생님이 가리키지 않았다면 아이들이 가지고 놀던 공이 나무에 걸렸다고 생각했을 것이다.

붉은 공에 대고 돌을 던지면 간단히 떨어뜨릴 수 있겠지만 '깃털 부채를 써서' 떨어뜨려야 하니까 몹시 어려웠다. 붉은 공이 있는 곳에 바람을 제대로 맞혀야 해서 바람을 일으키는 기술은 물론 바람을 조절하는 능력도 필요했다. 있는 힘껏 깃털 부채를 흔들어서 땅바닥의 모래를 날리는 것과는 차원이 달랐다.

렌야는 모두가 지켜보는 가운데 긴장하는 티 하나 없이 깃털 부채를 휙 움직였다. 전쟁터에서 장군이 지시를 내리는 것처럼 절도 있는 움직임이었다. 얼마 지나지 않아 나무에 걸렸던 붉은 공이 두둥실 떠올라 땅바닥에 툭 떨어졌다. 나뭇가지도 부러지지 않고, 붉은 공 스스로 나무에서 떨어진 것처럼 자연스러웠다.

"대단하다."

누군가 무심코 중얼거린 말에 이끌려 연습장에 박수가 일었다. 나도 덩달아 두 손을 앞으로 모을 뻔했는데 렌야가 뒤를 돌아봐서 허둥지둥 손을 도로 물렸다.

야마 선생님은 렌야를 칭찬하지도 않고 다음 학생을 불렀다.

"야가미 렌야, 합격. 다음, 혼고 야마토."

이름을 불린 야마토가 렌야와 교대해 야마 선생님에게 갔다. 스포츠맨 타입에 튼튼한 체격의 야마토는 무술 수업에서는 빼어난 성적을 자랑하지만, 우술은 조금 서툴렀다. 그래도 나처럼 바람을 전혀 일으키지 못하는 수준은 아니었다. 세 번쯤 도전한 끝에 붉은 공을 나무에서 떨어

뜨리는 데 성공했다. 그 후로도 학생들이 차례차례 불려
가 테스트를 받았다. 그러다 마침내 내 차례가 왔다.

12. 재능의 조각

나는 아오이의 말을 머릿속으로 떠올리며 야마 선생님에게 걸어갔다. 깃털 부채를 쥔 손이 떨리는 건 긴장한 탓이리라. 나는 정해진 위치에 서서 붉은 공이 올라간 나무를 눈으로 확인했다. 여기에서 나무까지 5미터 정도인가. 깃털 부채를 아무리 있는 힘껏 흔들어도 붉은 공을 떨어뜨릴 바람을 일으키지는 못하겠지.

나는 어떻게든 연습장에 부는 바람의 흐름을 읽어 보려고 눈을 감았다. 바람은 왼쪽에서 오른쪽으로 부는 것 같았다. 내가 알 수 있는 건 이 정도였다. 바람의 흐름 따위 전혀 모르겠지만 그래도 지금 포기할 수는 없었다.

나는 바람의 흐름을 찾으려고 감각을 최대한 예민하게 벼렸다. 무슨 이유에서인지 내 머릿속에는 조금 전에 본 렌야의 모습이 떠올랐다. 테스트인데도 얄미울 정도로 차분했고, 깃털 부채를 쥔 손에도 불필요한 힘이 전혀 들어가지 않았던 렌야. 살그머니 손을 들어 깃털 부채를 흔들던 그 모습은 평소의 사람 속 뒤집는 태도에서 상상하기 어려울 정도로 아름답고 절도 있었다.

그래, 꼭 교과서 같았어.

솔직히 말해서 나는 렌야를 흉내 내기 싫었다. 그러나 그 녀석의 모습이 제멋대로 머릿속에 새겨져서 아무리 해도 지워지지 않았다. 어쩔 수 없이 나는 렌야가 그랬듯 등을 반듯하게 폈다. 또 있는 힘껏 붙잡았던 깃털 부채의 자루를 가볍게 쥐었다. 옆에 선 야마 선생님은 여전히 무섭지만, 나는 어깨에 힘을 빼고 숨을 한 번 내쉬었다. 연습장에 약한 바람이 불고 있었다. 나는 렌야가 되어 연습장에 부는 바람의 흐름을 읽으려고 애썼다.

그때 갑자기 바람의 기척이 느껴졌다. 나무 주변, 땅 가까이 또 내 주위를 감싸듯이 바람이 있었다. 잔잔한 바람만 부는 게 아니라 사방에 복잡한 바람의 흐름이 있는 걸 알 것 같았다. 나는 시험 삼아 바로 옆의 바람을 붙잡아 그 바람이 흘러가는 방향을 향해 깃털 부채를 한 번 흔들어 보았다. 두둥실 하는 감촉과 함께 주변에 바람이 생겼다.

지금까지 힘을 주어 부채질했을 때의 바람과는 달랐다. 나는 뭔가 파악했다고 느꼈다.

처음으로 바람을 일으키는 데 성공했으나 내가 만든 바람은 붉은 공이 올라간 나무와 전혀 다른 방향에 있는 나뭇가지를 흔들었을 뿐이었다. 다시 한번 바람의 흐름을 읽으려고 온 신경을 집중했다. 순간, 붉은 공의 방향을 향해 흘러가는 희미한 바람의 기척을 느꼈다.

'저거다.'

나는 기다렸다는 듯이 힘차게 깃털 부채를 흔들었다.

"이야아아아!"

나도 모르게 입에서 기합이 나왔다. 그 순간, 나도 믿지 못할 만큼 어마어마한 바람이 일어났다.

거기까지는 좋았다. 전혀 바람을 일으키지 못하던 내가 원하는 방향으로 바람을 일으켰으니까. 그러나 다음으로 내 귀에 들린 소리는 통통하고 붉은 공이 바닥에 떨어지는 소리가 아니었다. 끼익끼익, 우지끈하는 소리였다. 나는 마음속으로 비명을 질렀다.

'끄아아아아아악!'

이럴 수가. 내가 일으킨 바람은 붉은 공을 땅바닥에 떨어뜨리려던 내 상상과는 전혀 다르게 붉은 공이 걸려 있는 나무까지 쓰러뜨리는 맹렬한 바람이었다.

쿠당탕!

엄청난 소리가 연습장을 가득 울렸다. 소리가 난 쪽을 보니, 붉은 공이 걸려 있던 나무가 붉은 공을 짓뭉갠 것이 아닌가.

"아……."

나는 내가 벌인 어마어마한 일에 겁을 집어먹었다. 두려워서 도저히 옆을 보지 못했다. 붉은 공을 떨어뜨리는 게 아니라 나무를 쓰러뜨리다니. 바람을 일으키지 못하는 것보다 더 최악이었다.

야마 선생님의 얼굴을 차마 보지 못했는데, 옆에서 무시무시한 냉기가 느껴졌다. 나는 어떻게든 변명하고 싶었으나 말이 나오지 않았다.

"저, 저기 이거는요……."

지옥의 밑바닥에서부터 올라오는 목소리로 야마 선생님이 말했다.

"구로마루 소타……. 수업 끝나면 학생 지도실로 와라."

'끄, 끝장이다.'

나는 시한부를 선고받은 듯한 기분이 들었다. 풀이 죽어 원래 있던 자리로 돌아가려는데, 학생 모두 괴물이라도 보는 눈으로 나를 쳐다보고 있었다. 늘 자유분방한 유마는 입을 멍하니 벌렸고, 우술이 특기라고 자부한 아오이는 표정이 꽁꽁 얼어붙었다. 야마토는 묵묵히 무슨 생각에 잠겨 있는 듯했고, 요헤이는 어떻게 했는지 알고 싶은지 안절부절못했다.

렌야는 부모의 원수라도 본 것처럼 나를 노려보았다.

'다들 왜 이러는 거야……'

나는 그저 '저거다!'라고 생각한 방향을 향해 깃털 부채를 흔들었을 뿐이다. 그런데 모두의 반응은 "소타, 대단해!"가 아니라 꼭 무시무시한 괴물을 보는 것 같았다.

나는 내심 크게 상처를 받았다.

그 후로도 우술 테스트는 이어졌는데, 빨간 공이 납작하게 찌부러진 탓에 나무에 묶은 손수건을 바람으로 흔드는 방식으로 바뀌었다. 아오이는 멋지게 바람을 붙잡아 손수건을 흔드는 데 성공했다. 요헤이는 바람을 전혀 일으키지 못했다. 바람을 일으키지 못한 학생은 그 후에도 몇 명 더 있었다. 원하는 곳을 향해 바람을 일으키는 일은 몹시 어려워서, 나무까지 쓰러뜨린 나 같은 학생을 제외하고 한 번에 멋지게 성공한 학생은 반에서 렌야와 아오이뿐이었다.

수업을 마치고, 나는 기숙사로 돌아가는 아이들과 반대 방향으로 향했다. 우리 학교에서 학생 지도실이라고 불리는 방은 책상도 의자도 없는 세 평 크기의 방이다. 나는 거기에 무릎을 꿇고 앉아 야마 선생님을 기다렸다. 삼 분도 채 기다리지 않았는데 미닫이문이 열렸다. 야마 선생님이 발소리 한번 내지 않고 들어왔다.

"따라와라."

야마 선생님은 그 말만 남기고 다시 방을 나갔다.

'으잉?'

나는 당연히 이 방에서 설교를 들을 줄 알았던 터라 맥이 빠졌다. 그래도 허둥지둥 학생 지도실에서 나왔다.

복도로 나가자마자 야마 선생님의 호통이 날아왔다.

"느려. 빨리 와라."

'뭐야……. 바로 나왔잖아.'

어떻게 이보다 더 빠르게 움직이라는 거야. 나는 발에 롤러스케이트라도 신은 것처럼 미끄러지듯이 걷는 선생님을 쫓아갔다.

야마 선생님이 나를 데리고 간 곳은 산 중턱도 아니고, 수업 시간에 가는 곳도 아니었다. 울퉁불퉁한 바위산에 동굴처럼 커다란 구멍이 몇 개나 뚫려 있는 곳이었다.

'그러고 보니……'

박식한 아오이가 말해 준 적 있었다. 이 산에는 동굴이 아주 많고 지하가 미궁 같다고. 동굴의 모든 길을 파악한 사람은 할아범 교장과 일부 선생님뿐이라고. 동굴에서 죽은 학생도 있어서 동굴에 발을 잘못 들이면 죽은 학생의 저주를 받는다나. 이 산에는 아야카시뿐 아니라 그런 괴담도 셀 수 없이 많다고 했다.

야마 선생님이 여러 동굴 중 한 곳에 들어갔다.

'역시 들어가는구나……'

나는 울고 싶었다. 입구 근처에 서서 들어갈지 말지 망설이는데, 어둠 속에서 "빨리 와라, 소타!" 하고 귀신 같은 목소리가 들려왔다.

나는 눈물과 땀을 닦고 동굴 안으로 들어갔다.

13. 정말 우연이었을까

동굴 안은 어둡고 서늘했다.

"이쪽이다."

야마 선생님이 안으로 이어지는 길을 가리켰다. 나는 울퉁불퉁해서 걷기 어려운 지면을 신중하게 밟으며 선생님을 쫓아갔다. 동굴은 상상 이상으로 넓고, 아주 깊은 곳까지 이어지는 것 같았다. 야마 선생님도 나도 등불 같은 것은 가져오지 않았는데, 다행히 길 도중에 누가 켜 놨는지 모를 횃불이 불타고 있었다.

'도대체 나를 어디까지 데려가는 거지?'

최소한 뭘 하러 가는지 한마디라도 해 주면 좋을 텐데, 선생님은 말없이 동굴 안을 걸어갈 뿐이었다. 나는 숨이 막혀서 갑갑했다. 그래도 몇 분간 계속 걸어가자 뻥 뚫린 곳에 도착했다.

'대단하다……'

나는 위를 올려다보고 넋을 잃었다. 5, 6층 건물 정도는 될 법한 높이였다. 공간의 너비도 충분해서 꼭 체육관 같았다. 동굴 입구에서는 상상하지 못할 정도로 넓은 공간이었다.

"오오, 애송이를 데려왔구나."

익숙한 목소리에 퍼뜩 정신을 차리자, 할아범 교장이 서 있었다.

"교장 선생님? 여기 왜……."

야마 선생님과 할아범 교장, 거기에 나를 더하니 너무 이상한 조합이었다. 할아범 교장은 내 질문을 무시하고 야마 선생님에게 말을 걸었다.

"그래, 이 녀석이 부채질 한 번으로 나무를 쓰러뜨렸다고?"

야마 선생님은 그렇다고 대답하는 것처럼 고개를 까딱였다.

"그래, 여기 데려왔다는 건…… 시험해 볼 생각이냐?"

"네."

야마 선생님이 고개를 끄덕이더니, 품에서 천천히 깃

털 부채를 꺼냈다. 나는 무슨 일이 벌어지는지 몰라 그냥 멍하게 있었다. 그러자 야마 선생님이 깃털 부채를 내게 향하며 말했다.

"준비해라."

"주, 준비하라니요……."

나는 선생님이 한 말의 의미를 이해할 수 없었다. 도움을 청하려고 할아범 교장 쪽을 돌아보았다.

"네 힘이 어느 정도인지 시험해 보려는 게다. 여기라면 뭔가 부서뜨릴 염려는 할 필요 없지. 마음껏 난동을 부려 보아라."

난동을 부리라니, 나는 뭐가 뭔지 전혀 이해가 되지 않았다.

"저기, 시험이라니 대체 뭘요?"

"그러니까 너, 깃털 부채로 나무를 쓰러뜨렸다며?"

"네, 뭐."

붉은 공을 떨어뜨릴 생각이었는데 나무를 쓰러뜨리고 말았다. 나한테는 이미 떠올리기 싫은 흑역사가 되었는데, 할아범 교장은 말도 안 되는 소리를 했다.

"그 힘으로 이번에는 야마 선생을 공격해 보라는 소리다."

할아범 교장은 손에 든 하얀 깃털 부채로 야마 선생님을 가리켰다.

"네? 선생님을 공격하라뇨? 무슨 생각이세요? 장난치지 마세요!"

"누가 장난을 친다고 그러냐. 우린 진지해. 1학년용인 일곱 장 깃털 부채로 나무를 쓰러뜨린 학생은 어지간해선 없어. 그럴 수 있다면 풍뢰중 수준이지."

"풍뢰중 수준이라니……."

무슨 헛소리야. 나는 내가 얼마나 부족한 인간인지 열심히 어필했다.

"저기, 농담이죠? 저는 어제까지 바람을 전혀 못 일으켰는데요?"

"그게 뭐 어때서? 어제까지는 못 했어도 오늘 했으면 됐지."

할아범 교장은 들은 척도 하지 않았다.

"아니, 그래도 갑자기 야마 선생님이랑 싸우라는 건 말이 안 되잖아요."

제대로 싸울 수도 없거니와 싸운 후가 너무 두려웠다. 그러나 할아범 교장은 들고 있는 깃털 부채로 나를 야마 선생님 쪽으로 몰아냈다.

"네 힘이 진짜인지 아닌지 시험해 보자는 게야. 전직 풍뢰중인 야마 선생이 몸소 가르쳐 주니까 좋은 기회 아니냐. 짱알거리지 말고 얼른 준비해."

우술 수업 때 보여 준 내 힘이 풍뢰중 수준이라는 말을 들은 데다가, 갑자기 깃털 부채로 싸우라는 명령까지 듣게 되자 나는 완전히 공황 상태가 되었다.

나는 야마 선생님에게 외쳤다.

"자, 잠깐만요! 그건 우연이었어요. 한 번 더 하는 건 무리예요!"

"무리라고?"

야마 선생님이 눈을 번뜩이며 노려보았다.

'흐익, 무서워!'

나는 온몸에 소름이 돋았다. 그래도 할 수 있다는 말은 할 수 없었다.

"네, 무리예요."

"무리라고?"

방금 무리라고 대답했는데 야마 선생님이 한 번 더 확인했다. 그런다고 내가 할 수 있다는 말을 차마 할 수는 없었다.

"정말로 저는 무리예요."

"무리인지 아닌지 확인하려는 거다. 준비하지 않겠다면 이쪽에서 알아서 공격하마."

무리냐고 그렇게 캐물었으면서 뭐라는 거야. 결국 공격하겠다는 거잖아.

성미 급한 선생님은 내가 준비하기를 기다리지 않고 새까만 깃털 부채를 획 흔들었다. 그러자 선생님 바로 근처에 자그마한 회오리 비슷한 게 생겼다. 아니, 생겼다고 느긋하게 말할 상황이 아니었다. 그 회오리 같은 것이 나를 향해 다가왔다.

"그러니까 잠깐만이라고 했잖아!"

나는 비명을 지르며 회오리로부터 도망쳤다. 고오오오, 무시무시한 바람 소리를 내며 회오리가 나를 쫓아왔다. 천장까지 닿는 바람의 기둥이 동굴 내부의 먼지나 잎사귀를 휩쓸며 고속으로 회전했다. 저런 거에 휩쓸리면 대체 어떻게 되는지 알고 싶지 않았다.

나는 애절하게 비명을 지르며 도움을 요청했다.

"으아아, 살려 줘!"

그때 할아범 교장은 내가 필사적인 SOS를 보내는 것을 무시하고, 자기는 휩쓸리지 않으려고 약삭빠르게 동굴 벽 근처까지 가서 느긋하게 물통에 든 차를 마셨다.

'뭐야, 내가 무슨 차에 곁들이는 볼거리냐고!'

화가 나지만 뒤에서 불길한 소리가 점점 다가오니까 뭘 어쩌지는 못했다. 결국 내 다리로는 회오리에서 도망칠 수 없었다. 5미터도 못 가서 회오리에 따라잡혀 공중에 붕 떴고 정신을 차리자 땅바닥에 내동댕이쳐졌다.

"으악!"

나는 업어치기 한판을 당한 것처럼 땅바닥을 뒹굴고 천장을 보며 벌러덩 누웠다.

"빨리 일어나서 나와 맞서 싸워라."

야마 선생님은 하여간 봐주지 않았다.

"나한텐 무리라고요!"

풍뢰중 수준의 힘이라니 가당치도 않았다. 나무를 쓰러뜨린 것은 사실이지만 그건 어쩌다 보니 일어난 우연이었다. 아마 나무뿌리가 썩어서 누가 했어도 금방 쓰러질 운명이었을 것이다.

"사람은 목숨이 위험해지면 진정한 힘을 발휘한다지. 너도 그런 위기에 처하면 분명 네 안에 잠든 힘을 끌어낼 수 있을 거다."

무슨 헛소리야……. 만약 자칫해서 죽어 버리면 어떻게 책임질 건데?

"걱정하지 마라……. 아슬아슬하게 선은 지킬 테니까."

야마 선생님의 아슬아슬한 선. 걱정하지 말라고 해도 전혀 안심이 되지 않았다. 이 사람이라면 정말 말 그대로 아슬아슬할 것이 뻔했다. 죽기 일보 직전에 멈춘다고 해 봤자 하나도 기쁘지 않을 것이다.

야마 선생님이 깃털 부채를 뒤집으며 외쳤다.

"일진풍래(一陣風來)!"

다시 동굴 안에 바람이 일었다. 이번에는 회오리가 아니라 채찍처럼 날카로운 바람이 나를 덮쳤다.

"끄아악!"

나는 벽까지 날아갔다.

"이합풍파(二合風波)!"

"끄악!"

나는 바닥을 데굴데굴 굴렀다.

"풍지호호(風止虎虎)!"

"꺄아아!"

나는 허공에서 한 바퀴 회전해 땅바닥에 나동그라졌다. 전직 풍뢰중이라는 야마 선생님은 그 후에도 내게 계속 우술 기술을 선보였다. 매번 다른 기술을 쓰는 것은 참 대단했지만 나는 순식간에 만신창이가 되었다. 정신을 차

리자, 할아범 교장이 내 얼굴을 들여다보고는 무심하게
말했다.

"흐음. 초인 같은 힘이 나올 것 같지는 않군."

"아무래도 그건 우연이었나 봅니다."

야마 선생님이 순순히 인정했다.

"흠, 그런가. 아쉽구먼."

아쉽구먼은 뭐가 아쉽구먼이야. 나는 착각 때문에 교사에게 살해당할 뻔했다고.

'책임져, 이 사람들아!'

나는 마음속으로 외쳤다. 그렇게 우연이라고 말했는데 이 사람들은 들은 척도 하지 않았다. 그 결과, 나는 말도 못 할 만큼 만신창이가 되어 꼼짝없이 땅바닥에 굴러다니는 꼴이 되고 말았다.

"뭐, 이런 착각이야 누구나 하니까. 핫핫핫."

나는 할아범 교장의 웃음소리를 마지막으로 의식을 잃었다.

14. 치료해 준 의외의 인물

눈을 떠 보니 내 방에 있었다. 누가 데려왔는지 모르겠으나 이불 위에 누워 있었고, 누가 해 줬는지 치료도 끝나 있었다.

'지금 몇 시지?'

시간 감각이 전혀 없었다. 그저 걸신들린 것처럼 배가 고팠다. 그때 방문이 열리고 하나키 선배가 들어왔다.

"일어났구나? 다행이다. 너 계속 잤어."

"계속 잤다고요?"

나는 어리둥절했다.

"너 사흘 밤낮을 깨지 않고 잠들어 있었어."

사흘 밤낮이라는 말에 기겁했다.

"그건 잔 게 아니라 의식불명 아니에요?"

보통 그 정도면 병원에 데려가야 한다. 그런데 이 학교 사람들은 나를 이불에 눕힌 것에 만족했나 보다. 다시 문이 열리고 이번에는 유마가 들어왔다.

"어, 소타 목소리가 들리는데 일어났어요? 소타, 몸은 좀 어때…… 푸핫!"

유마가 나를 보자마자 웃음을 터뜨렸다.

"아하하하하하!"

내 얼굴을 보며 배를 부여잡고 웃어 댔다.

"뭐야, 너."

걱정해 주는 거면 몰라도 갑자기 웃음을 터뜨리니 열이 받았다. 유마 웃음소리에 이끌리듯이 2호실의 아오이, 야마토, 요헤이, 다쓰 선배까지 내 상태를 보러 왔다.

모두 나를 보자마자 마구 웃어 댔다. 하나키 선배까지 웃기 시작하자 나는 진짜로 발끈했다.

"자, 네 얼굴을 봐 봐."

야마토가 거울을 내밀었다. 거울을 보고 나는 깜짝 놀랐다. 미라처럼 얼굴도 팔다리도 전부 붕대에 둘둘 말린 상태였다.

"이게 뭐야!"

내가 버럭 외치자 방에 또다시 까르르 웃음꽃이 피었

다. 다들 내 얼굴을 보며 웃는 와중에 나는 렌야를 찾았다.

같은 방의 하나키 선배, 옆방의 친구들도 모두 모였는데

왜 그 녀석만 보이지 않는 걸까.

"저기, 지금 몇 시예요?"

하나키 선배가 손목시계를 확인하고 대답했다.

"아, 지금 오후 네시 지났어."

"어, 그럼 다들 아직 수업 중인 거 아니에요?"

왜 다들 기숙사에 모여 있는 것인지 의아했다.

"오늘은 오후 수업이 없거든. 대신 밤에 신입생들을 위

한 이벤트가 있지만."

"이벤트?"

"기억 안 나? 입학하는 날 설명했잖아."

설명했다는 말에 나는 기억을 더듬었다.

"어, 신입생을 위한 오리엔테이션이었나요?"

"오리엔테이션이라고 하면 즐거워 보이는데, 사실은 기숙사 방별로 이루어지는 신입 가라스텐구 의식이야."

다쓰 선배가 알려 주었다.

"일반인에게는 알려지지 않았는데, 이 산에는 지하 동굴이 셀 수 없이 많아. 신입생들은 같은 방을 쓰는 학생끼리 동굴 안쪽까지 깊숙이 들어가. 그리고 그 안에 있는 '무언가'를 가지고 나와야 해."

"뭘 가지고 나와야 하는데요?"

"그건 가서 확인해야지. 미리 알려 주면 재미없잖아?"

다쓰 선배가 하얀 이를 드러내며 환하게 웃었다. 나는 동굴이라는 말에 야마 선생님에게 끌려갔던 동굴을 떠올렸다. 아주 넓은 공간이 있는 그 동굴은 셀 수 없이 많다는 동굴 중 하나인 듯했다.

아오이가 걱정스럽게 물었다.

"그 '무언가'를 가지고 오지 못하면 어떻게 돼요?"

"가지고 오지 못하면 실격이야. 매우 불명예스러운 일

이고 벌도 받아. 그러니까 열심히 해."

다쓰 선배는 행운을 빈다면서 엄지를 척 세웠다.

"소타 너도 참가해야지? 깨어났다고 말하고 올게."

"엇, 아……."

하나키 선배는 내 대답을 듣지도 않고 냉큼 방에서 나 갔다.

그런 귀찮은 행사, 가능하다면 빠지고 싶었다. 하지만 내가 없으면 1호실 신입생은 렌야뿐이다. 렌야는 전혀 신 경 쓰지 않을 것 같지만, 다른 방은 네 명이나 다섯 명이 동굴을 돌아다니는데 혼자 가게 하는 건 좀 그랬다.

"아, 소타. 이거 네가 잠든 동안 수업 필기한 공책이랑 숙제야."

아오이가 내 책상에 공책과 출력물을 우르르 내려놓았 다. 사흘 동안 수업 진도가 훌쩍 나가고 숙제까지 산더미 처럼 나온 모양이었다.

"텐구학은 곧 미니 테스트가 있으니까 60쪽부터 75쪽 까지 차분하게 읽어 두는 게 좋아. 또 깃털 부채에 관한 리 포트가 두 장, 또 국어랑 수학이랑 과학은……."

끝없이 이어지는 말에 지금 막 일어난 내 머리가 터질 것 같았다.

"잠깐만, 그렇게 많아?"

"응."

아오이가 아무렇지 않게 대답해서 나는 신음했다.

"괜찮아. 신입 의식은 일곱시부터 시작하니까 아직 공부할 시간은 있어."

역시 공부로는 렌야와 톱을 다투는 만큼 아오이는 스파르타식이었다.

"저기, 배가 고파서 힘이 안 나는데……."

"공부할 때는 배가 조금 고파야 집중이 잘되긴 하지."

저녁 식사는 여섯시부터니까 아직 두 시간이나 남았다. 나는 아오이의 도움을 받아 과제를 해치우기로 했다.

나는 방을 둘러보며 물었다.

"그나저나 렌야가 안 보이는데, 어디 있어?"

"렌야라면 도서실에 있지 않을까?"

"도서실?"

"요 며칠간 거기서 자주 봤거든."

"뭐, 재미있는 책이라도 있나?"

"아닐걸. 공부하는 것 같았어. 아마 소타가 방에서 자니까 배려한 거겠지."

"배려는 무슨……."

그 녀석이 배려 같은 걸 전혀 할 것 같지는 않은데. 오히려 내가 방을 점령하고 있으니까 화가 나서 나간 게 더 말이 됐다.

"아니야. 렌야가 너한테 붕대를 감아 주고 치료도 해 줬단 말이야."

"진짜?"

믿을 수가 없어서 나는 눈이 동그래졌다.

"응, 진짜. 처음에는 하나키 선배가 치료하려고 했는데, 붕대 감는 데 익숙하지 않아서 잘 감지 못했거든. 그랬더니 렌야가 척척 감았어."

"그래서 나는 이런 불쌍한 미라가 된 거구나……."

치료해 준 건 고맙지만 웃음을 사게 된 원인을 그 녀석이 만들었다니 마음이 복잡했다.

"나중에 고맙다고 하는 게 좋을 것 같네."

나는 아오이에게 고맙다고 말했다.

"그러게……. 너한테는 고마워. 이렇게 공책 빌려주고 공부도 가르쳐 줘서 진짜 고맙다."

"렌야한테도 말이야."

아오이가 내 마음을 꿰뚫어 봤는지 못을 박았다.

그로부터 두 시간, 나는 해야 하는 과제에 골똘히 집중했다. 할 일이 너무 많았다. 책을 읽고, 리포트를 쓰고, 교과서를 읽고, 프린트 문제를 풀었다. 할 일이 너무 많아서 눈뜬 것을 후회할 정도였다.

15. 뜻밖의 파트너

우리는 저녁을 먹고 신입 의식을 치르기 위해 밖에 모였다. 이 시간에 산을 오르는 것 자체가 드문 일이어서 모든 학생이 흥분했다. 다쓰 선배가 이 신입 의식은 개별 참가가 아니라 방별 참가라고 했다. 나는 같이해야 하는 상대가 렌야여서 벌써 불안했다. 평소에는 하나키 선배가 사이에 있으니까 어떻게든 지내는데, 둘만 있어야 한다고 생각하니 너무 부담스러웠다. 우리 방은 둘만 신입생이라 어쩔 수 없지만, 옆방인 2호실은 유마, 아오이, 야마토, 요헤이 넷이서 가는 게 부러웠다.

그래도 나는 밖에 모인 학생들 틈에서 렌야를 찾았다.

'그 녀석과 협력해야 한다니 그 어떤 수업보다도 어렵겠다.'

렌야는 무리에서 벗어나 혼자 나무에 기대섰다. 여전히 사람을 거부하겠다는 분위기를 마구마구 내뿜었다. 그러나 지금은 위험한 동굴 안을 같이 탐색해야 하니까 조심스러워할 때가 아니었다.

나는 렌야에게 다가가 이름을 불렀다. 하지만 렌야는 나를 힐끔 쳐다보고 금방 시선을 돌렸다.

"야, 무시하지 마. 지금부터 같이 움직여야 한다고."

보통은 서로 잘 부탁한다고 대화를 나누며 화목한 분위기에서 신입 의식을 맞이할 텐데 얘는 왜 이러는 걸까.

"방별로 협력해야 하는 거 너도 알잖아."

렌야는 고집을 부렸다.

"너랑 같이 다닐 생각 없어."

애초에 혼자 갈 생각이었나. 나까지 공연히 심술궂은 마음이 들어 목소리가 커졌다.

"아쉽네요. 방별로 움직이는 게 규칙이어서 혼자 튀고 싶어도 그럴 수 없거든."

나는 히죽거렸다.

"혼자 행동하면 안 된다고?"

"그렇대. 그러니까 나랑 협력하지 않는 이상 네가 '무언가'를 가지고 돌아올 방법은 없다는 거지."

나는 최후의 일격을 가하듯이 말했다. 렌야는 딱히 뭐라 대답하지 않고 묵묵히 팔짱을 꼈다.

"그건 그거고 네가 날 치료했다며? 미라처럼 해 놓은 건 좀 그렇지만 덕분에 살았다."

각 잡고 고맙다고 말하긴 싫어서 나는 대화의 흐름을 타고 가볍게 이야기를 꺼냈다.

"얼굴 붕대를 풀면서 생각했는데, 너 붕대 감는 거 익숙하더라."

내 손으로 붕대를 감아도 이렇게는 못 할 것 같았다. 간호사 수준의 붕대 감기 실력이었다.

"고맙다는 소리는 됐어. 하나키 선배가 부탁했으니까 했을 뿐이야. 내가 하고 싶어서 한 게 아니야."

지금까지였다면 "고맙대도 그러네!" 하고 발끈했을 것이다. 그런데 신기하게도 전혀 화가 나지 않았다. 아마도 정성스럽게 감은 붕대를 봤기 때문일 거다. 붕대 감는 방식에 사람의 인품이 드러난다면 렌야는 말투는 사나워도 그렇게까지 얄미운 녀석은 아닐 것이다.

"너 진짜 솔직하지 못하구나. 아무튼 난 도움 받았으니까. 땡큐."

나는 그 말만 하고 렌야 곁을 떠났다.

그 후로 곧바로 신입 의식의 시작을 알리는 종이 울렸다. 처음에 할아범 교장의 인사가 있었는데 다행히 그다지 길지 않았다. 다음으로 상급생 대표가 신입 의식을 설명했다. 다쓰 선배가 설명한 것과 같은 내용이어서 동굴을 탐색하는 데 도움 되는 정보는 없었다. 설명이 끝나고 방별로 모였다. 나와 렌야는 첫 번째여서 대기 시간 없이 출발해야 했다.

출발 전, 상급생이 등롱과 함께 호루라기를 줬다.

"이건 긴급 상황일 때 불어."

"긴급 상황이라뇨?"

"파트너가 다쳤거나 둘 다 조난당해서 더는 진행하지 못하겠다고 판단하면 불어."

상급생은 담담하게 설명했는데, 그 말을 들은 나는 불안해졌다.

'조난이라니, 진심인가?'

아무리 동굴을 탐색한다지만 그런 위험한 상황까지는 생각지도 않았다.

"골인은 두 사람이 함께해야 해. 한 사람만 하는 건 소용없으니까 유념해 둬."

"알겠어요."

"그럼 가라."

상급생의 배웅을 받으며 우리는 출발했다. 이번에 가는 동굴은 내가 야마 선생님에게 끌려간 동굴과는 다른 곳이었다. 들어가자마자 넓은 공간이 나왔고, 안으로 이어지는 길이 두 갈래 있었다. 주의 깊게 살피자 오른쪽 벽에는 '동료', 왼쪽 벽에는 '혼자'라고 적혀 있었다.

"음, 이게 뭐지? 동료의 길과 혼자의 길?"

나는 고개를 갸웃거렸다. 갈림길이니까 어디로 가든 괜찮겠지만, 둘이 같이 골인해야 하니까 여기는 '동료'라고 적힌 길로 가야 하려나. 그런데 렌야는 망설이지 않고 '혼자'의 길을 선택해 들어가 버렸다.

"야, 기다려."

나는 허둥지둥 렌야의 뒤를 쫓아갔다.

"왜 멋대로 정해?"

내가 화를 냈으나 렌야는 들은 척도 하지 않았다. 그때 내 뒤에서 **쿠당탕**하는 묵직한 소리가 울렸다.

"까, 깜짝이야!"

뭔가 하고 봤더니, 돌문이 내려와 길을 가로막았다. 우리가 '혼자'의 길에 들어와서 문이 닫힌 듯했다.

"그럼 아까 있던 곳으로는 돌아가지 못하겠네……."

이대로 앞으로 가는 선택지뿐이었다.

"야, 어떻게 할 거야!"

그때, 동굴 안쪽에서 목소리가 울렸다.

"둘이서 하나의 길에 어서 오너라."

응? 무슨 소리지? 여기는 '혼자'의 길이 아니었나? '동료'의 길이 다 같이 협력해서 가는 길인 줄 알았다. 그런데 '혼자'의 길이 둘이서 하나의 길, 다시 말해서 협력하는 길이었다니. 예상치 못한 장치여서 나는 당황했다. 힐끔 보니 렌야는 대놓고 얼굴을 찌푸리고 있었다.

"여기부터는 '둘이서 하나'라는 말대로 서로 협력하며 앞으로 나아가야 한다. 배신은 곧 낙오의 시작, 혼자 가면 곧 지옥으로 이어지는 길이로다. 이 말을 잊지 말고 조심하거라."

밝은 목소리가 조심하라고 말해 주었으나 나는 어안이 벙벙했다.

"뭐야, 둘이서 하나라니."

우리는 곧바로 그 의미를 이해할 수 있었다. 왜냐하면 우리 앞길을 막는 것처럼 길이 끊어졌기 때문이다.

"으악, 저 아래가 죄다 바늘이야."

끊어진 길을 내려다보니 바닥에 날카로운 바늘이 촘촘하게 솟아 있었다. 맞은편 길까지 5미터에 걸쳐 바늘, 바

늘, 바늘 또 바늘이었다. 끊어진 길과 길 사이에 있어 그야말로 바늘의 강이었다. 깊지는 않아도 이 아래로 떨어지면 틀림없이 다칠 것이다. 맞은편으로 건너가려면 당연히 이 바늘 강을 넘어가야 했다. 하지만 아무리 생각해도 쉬운 일은 아니었다.

"으아아, 이거 어떻게 해야 하지?"

있는 힘껏 점프하면 아슬아슬하게 뛰어넘을 만한 거리지만 그러기에는 천장이 너무 낮았다. 비행술을 써도 아마 마찬가지일 것이다. 이렇게 천장이 낮으면 나는 것 자체가 어려웠다. 날아오른 순간 머리를 천장에 부딪칠 테니까. 어떡하나 고민하는데, 렌야가 나를 불렀다.

"야, 이거."

그쪽을 보니 벽에 레버처럼 생긴 것이 있었다.

"레버인가?"

"레버 아니면 뭐겠냐?"

"그 레버를 내리면 무슨 일이 생기려나?"

"해 봐."

렌야의 말투에 나는 발끈했다.

"뭐야, 네가 하면 되잖아."

레버를 먼저 발견한 건 자기면서.

"하여간 명령만 내리는 놈은 이래서 안 돼……."

투덜거리면서도 나는 레버에 손을 댔다. 누구든 해야 하는 일이라면 지금 싸워 봤자 무의미할 테니까. 그런데 레버가 내려가지 않았다.

"어라?"

있는 힘껏 힘을 줬더니 아주 조금 내려갔다.

"끄아아아아. 빡빡해, 이 레버!"

나는 온 체중을 실어 레버를 내렸다. 그러자 레버에 반응했는지 끊어진 길 한쪽에서 바늘 강 위로 비좁은 다리가 슬금슬금 튀어나오기 시작했다. 다리는 바늘 강을 가로지르며 맞은편의 끊어진 길까지 쭉쭉 뻗었다. 이렇게 해서 다리가 맞은편 길 위에 걸쳐지면 바늘 강을 무사히 건널 수 있을 것 같았다. 그러나 다리가 맞은편 길 위에 걸릴 때까지 나는 레버를 계속 내리고 있을 수 없었다.

"무리야."

힘을 빼자 다리가 다시 원래 있던 홈으로 쏙 들어갔다.

렌야가 고함을 질렀다.

"야, 도중에 놓지 마!"

"아무리 그래도 혼자서 레버를 계속 내리고 있는 건 너무 힘들어."

나는 땀을 뻘뻘 흘리며 반박했다. 다리 만드는 방법은 알았으나 너무 힘들었다. 우리가 있는 '둘이서 하나의 길'은 아무래도 한 사람이 레버를 내리는 동안 다른 사람이 다리를 건너는 구조인 것 같았다. 자세히 보니 끊어진 길 너머에도 레버가 있었다. 다리를 건넌 사람이 이번에는 저쪽 레버를 내려 다른 사람이 건너올 다리를 만들어야 했다.

딱 보기에는 전혀 어렵지 않은 간단한 작업으로 보였다. 협력만 하면 둘 다 맞은편으로 건너갈 수 있을 것 같았다. 둘 중 한 명만 건너고 한 명은 희생해야 하는 식의 심술궂은 함정은 아니었다. 그러나 다리를 건너려면 서로를 신뢰해야 했다. 파트너가 다리를 건너는 동안, 레버를 계속 내려 줘야 했다. 만약 도중에 레버에서 손을 떼면 다리는 순식간에 사라지고 다리를 건너던 사람은 바늘 강으로 곤두박질칠 것이다.

'둘이서 하나의 길이란 이런 거구나…….'

나는 렌야를 봤다. 그러자 렌야도 긴장한 눈으로 나를 바라보았다. 우리는 묵묵히 서로를 노려보았다. 한참이나 눈싸움을 이어 갔으나 둘 다 그래 봤자 시간 낭비라는 것을 알았다.

"내가 레버를 내릴 테니까 네가 먼저 건너가."

나는 렌야에게서 시선을 돌리고, 다시 한번 레버를 내리려고 벽으로 다가갔다. 힘을 더 잘 줄 수 있게 어깨를 돌리고, 레버를 두 손으로 쥐었다.

"간다."

나는 외치며 단숨에 레버를 내렸다. 빡빡하고 무거운 레버는 조금이라도 힘을 빼면 순식간에 위로 올라갈 것 같았다. 내가 버티자 렌야가 다리를 건너기 시작했다.

'조금만 더, 조금만 더.'

나는 렌야가 다리를 건너는 모습을 곁눈질로 살폈다. 다리는 간신히 중간을 지나 더욱더 앞으로 뻗었다.

'힘내자, 소타!'

나는 땀이 나 놓칠 것 같은 레버를 필사적으로 내리눌렀다. 다리 위에 렌야가 있어서 책임감이 어마어마했다.

'얄미운 놈이라고 떨어뜨릴 순 없잖아!'

나는 이러다 손이 찢어지지 않을까 싶을 정도로 계속 힘을 주었다.

"으아아아아!"

다리가 점점 쭉쭉 뻗었다. 렌야가 마침내 맞은편에 도착한 것을 보고 나는 레버에서 손을 뗐다. 그러자 다리가

원래 있던 곳으로 휙 되돌아갔다. 렌야는 맞은편 끝에서 나를 바라보고 있었다.

"헉, 헉……. 이제 네 차례야."

나는 그 자리에 무릎을 꿇은 채 렌야에게 말했다. 그런데 렌야는 레버가 있는 벽이 아니라 혼자 앞으로 걸어가려고 했다.

"야!"

나를 두고 갈 생각이냐! 렌야의 행동에 나는 기겁했다. 그러자 렌야는 곧바로 되돌아와 레버에 손을 올렸다.

"장난이야."

아무렇지 않게 말했으나 나는 웃을 수 없었다.

"아니잖아, 너. 진심이었으면서."

"혼자서는 진행하지 못하는 게 규칙이니까 어쩔 수 없지."

렌야가 떨떠름한 티를 내며 레버를 내렸다. 그러자 끊어진 길에서 다리가 다시 스르륵 뻗었다. 나는 다리 위로 뛰어 올라가 맞은편 낭떠러지로 건너갔다. 그러는 동안 렌야는 굉장히 고통스러워하며 레버를 꽉 잡고 눌렀다.

"큭."

빨리 건너 달라고 호소하는 얼굴이었다. 저게 얼마나 힘든 일인지는 레버를 내려 본 사람만이 안다. 나는 다리가 맞은편 낭떠러지에 닿기 전에 점프해서 건넜다. 렌야는 내가 건너온 것을 확인하고 레버를 놓았다. 어찌 됐든 둘 다 바늘 강을 건너서 나는 안도했다.

"계속 가자."

손은 새빨개지고 땀을 뻘뻘 흘리면서도 렌야는 아무 일도 없었다는 듯이 걸음을 옮겼다.

'하여간 솔직하지 못하다니까.'

나는 그렇게 생각하면서 렌야의 뒤를 쫓아갔다.

16. 서로의 이야기

　그 후로도 '둘이서 하나의 길'은 시련의 연속이었다. 가령 커다란 바위를 한 사람은 당기고 한 사람은 밀어야만 지나갈 수 있는 길도 나왔다. 또 수직으로 벽을 타기도 해야 했다. 그런데 클라이밍과 다르게 손으로 잡는 곳이 따로 없는 벽이었다. 대신 벽에 번호가 있어서, 한 사람이 바닥의 번호를 밟으면 벽의 해당 번호에서 홀드가 튀어나와 손으로 잡을 수 있었다. 벽 타기는 둘이 호흡을 맞추는 게 중요했다. 벽에 매달린 내가 5라고 외치면 렌야가 지면의 숫자 5를 밟는 식이었다.

　"7!"

　"9!"

　내가 홀드가 필요한 숫자를 외치면 렌야가 바닥의 그

숫자를 밟아서 어떻게든 위로 올라갔다. 벽을 다 올라가면 로프가 있었다. 내가 로프를 내리자 렌야가 로프를 붙잡고 벽을 올라왔다. '동료의 길'이 어떤지는 몰라도 '둘이서 하나의 길'은 상상 이상으로 힘들었다.

나는 숨을 헐떡이며 툴툴거렸다.

"오리엔테이션치고는 너무 힘들다. 좀 더 가벼운 담력 훈련 같은 걸 생각했는데……."

렌야가 의아해하며 물었다.

"담력 훈련?"

"엥? 너 담력 훈련이 뭔지 몰라?"

나야말로 놀랐다.

"그게 뭐야."

장난을 치는 게 아니라 정말로 담력 훈련이 뭔지 모르는 것 같았다.

"여름에 이벤트로 해 본 적 없어? 폐허나 묘지 같은 무서운 곳에 가서 담력을 시험하는 거야. 귀신 역을 맡은 사람이 길 중간에 숨어서 지나가는 사람을 놀라게 하고."

"그런 건 몰라."

나는 렌야의 즉각적인 답변이 신경 쓰여 물어보았다.

"너, 놀이공원에서 귀신의 집에 간 적도 없어?"

"놀이공원 자체에 가 본 적이 없어."

나는 충격을 받았다. 놀이공원에 가 본 적이 없다니 이해가 되지 않았다. 그러다 문득 렌야의 집이 가라스텐구 가문 중에서도 엘리트 가문인 걸 떠올리고 바로 냉정을 되찾았다.

"원래 가라스텐구 집안의 아이들은 놀이공원에 안 가나?"

"나는 안 가 봤어. 다른 집은 어떤지 몰라."

"혹시 너 워터파크에도 가 본 적 없어?"

"워터파크? 수중 훈련을 하는 곳이야?"

"아니, 그게 아니라 워터 슬라이드나 유수 풀이나 파도 풀이 있는 곳이야. 놀이공원에 있는 수영장."

렌야의 표정을 보니 대답을 듣지 않아도 알 만했다. 무슨 외계어를 듣는 표정으로 나를 바라보았다.

"워터 슬라이드에 유수 풀?"

"인간 아이들은 부모님이 그런 곳에 자주 데려가."

렌야가 오랜만에 내게 질문했다.

"너도 부모님이 데려간 적 있어?"

"아빠가 날 데리고 놀러 간 적은 한 번도 없어. 데려간 건 엄마랑 할머니."

"인간은 다들 그 워터 슬라이드로 헤엄치는 연습을
해?"

"설마. 그냥 놀이야. 워터 슬라이드는 물이 흐르는 미끄
럼틀이니까 기분 좋게 휙 미끄러지는 게 끝이야."

렌야가 어리둥절한 표정이어서 나는 하는 김에 유수
풀과 파도 풀도 설명해 주었다. 가장 설명하기 어려웠던
것은 그게 전부 놀이지 수행이나 훈련이 아니라는 점이
었다.

"넌 그렇게 어려서부터 수행했어? 논 적 없어?"

렌야가 당연하다는 듯이 대답했다.

"수행이 놀이야."

하지만 나에게는 두 가지가 전혀 같지 않았다.

"수행은 수행이고 놀이는 놀이지. 수행은 힘들지만 놀
이는 즐거운 거니까."

"즐겁다……."

렌야는 그런 생각을 해 본 적도 없다는 듯이 중얼거릴
뿐이었다.

'이 녀석이 왜 이렇게 특이한지 조금 알 것 같아.'

엘리트 가라스텐구가 대체 뭔지 나는 상상도 할 수 없
었다. 어쨌든 렌야는 태어나서 지금까지 수행만 하느라

아이답게 놀아 본 적이 한 번도 없는 모양이었다.

"그렇게 수행만 시킨 걸 보면 너희 부모님이 되게 엄격하신가 봐?"

"평범해."

"아니, 전혀 평범하지 않은데? 나였다면 틀림없이 도망쳤을걸."

그렇게 수행 삼매경으로 살라고 하면 나는 버티지 못할 것이다.

"나는 야가미 가문에 어울리는 인간이 되고 싶을 뿐이야."

그 말은 풍뢰중이 되어야만 한다는 의미일까.

"가문에 어울리는 인간이라니, 그런 식으로 생각하면 괴롭지 않아?"

좀 더 자유롭게, 자기가 하고 싶은 일을 한다고 생각할 순 없나?

"형들은 노력했어. 내가 노력을 게을리할 순 없지."

"형이 있구나?"

"아, 나는 6남매야. 위로 형 세 명과 누나 한 명이 있고 아래로 여동생 한 명 있어."

"형제가 많네."

렌야는 왠지 외동아들일 것 같았는데 의외였다.

"형들은 우수한 성적으로 모두 풍뢰중이 되었어."

"아하, 그래서 너도 풍뢰중이 돼야 한다고 생각하는구나."

렌야는 수업 때면 열심히 손을 들어 발언했다. 또 실기 수업은 뭐든 여유롭게 해냈다. 그래서 얄미웠는데, 렌야도 많은 압박과 싸우고 있던 모양이다.

'나랑 달리 부모님에게도 기대를 받겠지……'

"형들이랑 비교되니까 힘들겠다."

"힘들지는 않아. 다만……"

"다만 뭐?"

"아니, 아무것도 아니야. 그보다 나한테 질문만 퍼붓는 너야말로 어떤데?"

"어떠냐니?"

"풍뢰중을 육성하는 학교에 아무것도 모르고 들어왔잖아."

"아, 그렇지."

"너는 풍뢰중이 되고 싶어?"

"설마."

설명만 들어도 나와 풍뢰중은 어울리지 않는다는 걸

알았다.

"그러면 왜 여기 있어?"

"왜라니, 아빠가 억지로 들여보냈거든. 나는 평범한 공립 중학교에 갈 예정이었어."

아빠에게 속아 넘어가는 바람에 입학했을 뿐 내 의지와는 상관없었다.

렌야가 날카롭게 지적했다.

"그래도 싫으면 그만둘 방법은 얼마든지 있었을 텐데?"

"뭐, 그렇지. 진짜 도망칠까 생각한 적도 몇 번이나 있었어."

"그런데 왜 여기 있어?"

"새삼스럽게 물어보니까 잘 모르겠다."

"모르겠다?"

렌야가 묘한 표정을 지었다.

"응, 모르겠어. 모르겠지만 아마 네가 신경 쓰여서 그런 것 같아."

"뭐?"

점점 더 모르겠다는 표정이었다. 나는 상관하지 않고 말을 이었다.

"난 지금까지 다른 사람을 보면서 뒤처진다고 생각한 적이 한 번도 없었어. 특히 운동만큼은."

나는 달리기도 수영도 구기 종목도 평균 이상으로 잘했다. 공부는 몰라도 운동만큼은 다른 사람에게 진 적이 없었다. 그런데 렌야는 달랐다.

"내가 너한테 라이벌 의식을 느끼나 봐."

렌야가 진지한 표정으로 물었다.

"왜?"

"왜인지는 나도 잘 몰라."

렌야를 보면 나는 이상하게 마음이 불편하고 안절부절 못했다. 그런 마음을 질투라는 한마디로 정의해도 되는지는 모르겠다. 여하튼 항상 왠지 모르게 신경이 쓰여서 미칠 노릇이었다. 깃털 부채를 들었을 때나 무술 수업에서 누군가와 짝을 이룰 때도 나는 언제나 렌야의 모습을 시선으로 좇았다.

'처음에는 얄미우니까 신경 쓰이는 줄 알았는데……'

그렇게 렌야의 모든 행동에 짜증을 내면서도 관심이 쏠리는 건 아마 내게는 없는 면을 렌야가 지녔기 때문이겠지.

"너랑 나는 성격이나 사고방식이 정반대잖아?"

"그렇지."

"그러니까 신경이 쓰여."

"거기에 왜 그러니까가 붙는지 도무지 모르겠다."

"말로 설명하기는 어려워."

그래도 나는 렌야와 대화를 나누면서 내 심리를 조금씩 이해할 수 있었다. 나는 일방적으로 렌야를 라이벌로 여겼다. 우술도 무술도 텐구학도 다른 과목에서도, 무엇 하나 렌야보다 잘하는 게 없는 주제에. 아마 나 따위는 전혀 렌야 안중에 없을 텐데……. 나는 그게 열 받아서 어떻게든 상황을 바꾸려고 안달이었다. 렌야가 나를 인정하게 하고 싶었다.

간신히 내 안에 자리한 불편함의 원인을 깨달았을 때, 렌야가 앞을 가리켰다.

"야, 저거 봐."

렌야의 목소리가 확 달라졌다. 나는 렌야가 가리킨 방향을 봤다. 저 안쪽의 동굴 벽에 들러붙은 것처럼 보이는 자그마한 사당이 있었다.

"어, 혹시 여기가 동굴의 가장 안쪽인가?"

"사당이 있으니까 그렇겠지."

"흐음, 그럼 저 안에 있는 걸 가지고 가면 되겠다."

나는 서둘러 사당으로 갔다.

"문 열게."

나는 사당의 작은 문을 손으로 잡고 벌컥 열었다. 그 안에는 가라스텐구의 부적이 잔뜩 있었다. 우리 반 모두를 위한 것이겠지.

"이게 가지고 가야 하는 '무언가'인가?"

"그렇겠지?"

렌야가 대답하며 부적 다발에서 한 장을 꺼냈다.

"좋아. 이제 돌아가기만 하면 된다."

갑자기 기운이 팔팔 났다. 벽에도 친절하게 '돌아가는 길은 이쪽'이라고 적힌 종이가 붙어 있었다. 뒤에 오는 팀과 마주치지 않게 하기 위해서겠지.

"돌아갈 때는 이쪽 길로 가면 되나 봐."

우리는 돌아가라고 적힌 대로 길을 걸었다. 그런데 걸음을 옮기고 얼마 지나지 않아 어떤 목소리가 들렸다.

"도와줘……."

나는 그 목소리에 무심코 걸음을 멈췄다.

"야, 지금 누가 도와달라는 소리 들리지 않았어?"

"그게 어쨌다고?"

나는 렌야에게 확인했다.

"너도 확실히 들었지?"

그때, 또다시 소리가 들렸다.

"거기 누구 있어?"

이번에는 조금 전보다 또렷하게 들렸다.

"부탁이야, 누가 있으면 도와줘."

어린애 같은 목소리였다. 힘이 빠진 상태인지 목소리
가 쉬었고 기운이 없었다.

"렌야, 어린애가 도와달라고 하는데?"

"말도 안 돼. 지금 이 동굴에는 신입 의식을 치르는 학
생만 있잖아. 어린애가 들어올 리 없어."

"혹시 모를 일이지. 아이들은 잠깐만 눈을 떼면 멀리 가
버리니까 동굴에 들어왔다가 길을 잃었을 수도 있어."

나는 도움을 청하는 목소리를 무시할 수 없었다.

"야, 그만둬. 괜한 짓 하지 마."

렌야의 만류에도 불구하고 나는 목소리가 들린 방향으
로 뛰어갔다.

17. 괴물과의 사투

목소리는 바위틈에서 들려오는 것 같았다.

"여긴가."

암벽에 생긴 틈 사이로 바람이 불어 들어왔다.

"나 혼자라면 지나갈 수 있겠어."

폭이 좁은 틈이었지만 혼자라면 몸을 웅크려서 어떻게
든 갈 수 있어 보였다.

"정말 누군지도 모르는 사람을 구할 생각이야?"

렌야가 미간을 찌푸렸다. 이 구출 작전에 찬성하지 않
는 게 분명했다.

"곤경에 처한 사람이 있으면 구해야지."

"그게 아니라, 함정이라고 생각하지 않느냐는 거지."

"신입 의식에 그런 비겁한 함정을 파진 않을 거야. 혹시

라도 함정일 때를 대비해 나 혼자 확인하고 올게. 너는 여기서 기다려."

렌야가 또 뭐라고 말하려고 했으나 나는 틈으로 들어갔다. 등롱을 든 채로는 지나가지 못할 것 같아서 렌야에게 넘겼다.

틈을 빠져나오자마자 세찬 바람을 느꼈다. 바람이 발아래에서부터 불어오는 것 같았다. 얼마나 깊은지는 모르겠으나 커다랗게 구멍이 뚫린 것처럼 보였다.

나는 틈 너머에 있는 렌야에게 말을 걸었다.

"야, 등롱 좀 줘."

그러자 렌야가 틈 사이로 등롱을 넘겨 주었다. 나는 등롱을 들고 발아래를 밝혔다. 발 바로 앞이 급한 경사면이었다.

"여기에서 미끄러졌나?"

내리막길이 어디까지 이어지는지 모르지만, 이 각도라면 아래에서 올라오는 데 엄청난 체력과 기술이 필요할 듯했다.

나는 렌야 쪽을 돌아보며 말했다.

"일단 내려가 볼게."

"이 아래로?"

목소리가 가까이에서 들려서 깜짝 놀랐다. 당연히 틈 너머에 있을 줄 알았는데 렌야가 바로 뒤에 있었다. 나를 걱정해 줬거나 아니면 내리막길을 확인하고 싶었거나, 아무튼 이쪽으로 상반신을 절반 넘게 들이민 채였다.

"이거 가져가."

렌야가 손에 든 것은 긴급 상황용 호루라기였다.

"아, 땡큐."

호루라기를 받아 든 순간, 한쪽 다리가 미끄러졌다.

"으아아아악!"

균형을 잃은 나는 반사적으로 렌야의 손을 붙잡았다. 물에 빠진 사람이 지푸라기라도 잡는 것처럼 말이다.

"야, 무슨 짓이야?"

렌야의 허둥거리는 목소리가 들렸으나, 나는 렌야의 손목을 붙든 채로 급한 내리막길을 미끄러졌다.

"으아아아아!"

일단 속도가 붙자 멈추지 않았다. 그대로 아래까지 단숨에 미끄러졌다. 이게 내리막길이 아니라 뻥 뚫린 구멍이었다면 죽었을 텐데, 다행히 잠시 후 우리는 지면에 도착했다.

"아파라, 손바닥이 벗겨졌어."

나는 진흙과 모래가 묻은 손을 후후 불었다.

"너 혼자 내려간다고 하지 않았어? 이게 뭐 하는 짓이야?"

분노로 이글거리는 렌야의 목소리가 바로 옆에서 들려나는 움찔했다.

'으악, 실수했다.'

나는 위를 올려다보았다. 혼자 내려올 생각이었는데 왜 이렇게 된 거지. 나도 모르겠지만 우선 사과했다.

"미, 미안. 이럴 생각은 아니었는데……."

"너 진짜 미치겠다. 어쩔 거야, 나까지 아래로 끌어들이고! 이 ○×※■△야!"

완전히 열 받은 렌야의 입에서 차마 문장으로 쓸 수 없는 심한 말이 마구 쏟아졌다.

"그러니까 사과하잖아! 진짜 미안하다고!"

"미안하단 말로 끝날 일이야? 난 너 때문에 끌려온 거야!"

"꼭 내가 널 죽이려고 한 것처럼 말한다? 엉겁결에 손잡았을 뿐이야."

"떨어질 거면 너 혼자 떨어졌어야지."

심한 말을 아무렇지 않게 하네. 평소에는 말이 없는 렌

177

야는 열 받으면 수다쟁이가 된다.

"이, 일단 아이를 찾아보자."

나는 정신을 가다듬고 말했다. 우리가 떨어진 곳은 천장도 낮아서 앞으로 가려면 몸을 굽혀야 하는 좁은 공간이었다. 그런데 거길 빠져나오자 널찍한 공간이 나와 분위기가 확 달라졌다. 경치는 달라도 야마 선생님과 싸웠던 곳과 비슷한 넓이였다. 다쓰 선배가 이 산에는 동굴이 셀 수 없이 많댔는데 정말 그랬다. 이런 공간이 사방에 존재하는 것 같았다.

"거기 누구 있어?"

내가 말을 걸어도 대답이 없었다. 하지만 아이가 있을 곳은 여기뿐이었다.

"대답 좀 해 봐. 다쳤어?"

나는 소리친 후 작은 소리라도 놓치지 않으려고 귀를 기울였다. 몇 번 더 외치고 한참 기다렸으나 어디에서도 대답이 들리지 않았다.

"이상하네. 아무도 없는 것 같아."

나는 고개를 갸웃거렸다.

"어쩔 거야. 이런 곳까지 와서 '없었습니다'로 끝내려고?"

렌야가 분노에 불타는 눈으로 나를 노려보았지만 나는 이미 렌야가 노려보거나 위협하는 것에 익숙했다.

"깐족깐족 시끄럽네. 구조를 요청한 사람이 없으면 다행인 거지."

"깐족깐족이라니⋯⋯."

그런 말은 처음 듣는지 렌야가 굉장히 당황했다. 렌야는 그 후로도 계속 불평을 쏟아 냈으나 나는 렌야의 분노를 무시했다.

"한 바퀴 둘러보고 돌아가자."

아이가 없는지 확인하려고 걸음을 옮기는 그때였다.

"후후후후."

어디선가 웃음소리가 들렸다. 도와달라고 외친 아이의 목소리와 비슷하면서도 어딘지 모르게 달랐다.

렌야가 날카로운 목소리로 외쳤다.

"누구냐!"

그러자 아무것도 없는 공간에서 대답이 들렸다.

"나는 너희에게 용건이 있어. 그러니 아직 돌아가게 둘 순 없다."

끈적끈적한 목소리가 주위에 울렸다. 구조를 요청한 목소리와는 전혀 다른, 명령하는 말투였다.

다음 순간, 주위에 파르스름한 불꽃이 나타났다. 공중을 떠도는 불꽃은 허공에서 춤을 추며 연달아 분열했다. 한 개가 두 개, 두 개가 네 개, 네 개가 여덟 개로 점점 불어났다. 파르스름한 불꽃이 이 공간을 비추는 조명 역할을 했다.

"이게 뭐지?"

나는 어리둥절했다. 사람을 구하려고 내려왔을 뿐이라 이런 상황은 예상하지 못했다.

한편, 렌야는 냉정했다.

"도깨비불이야. 방심하지 마."

그러더니 잽싸게 허리춤에서 깃털 부채를 뽑았다. 렌야는 어디에서 공격이 들어와도 맞설 수 있도록 이미 싸울 태세에 들어가 있었다.

"도깨비불이라니 무슨 소리야?"

나는 갑자기 벌어진 일에 허둥거렸다. 그때, 유난히 크고 파르스름한 불꽃이 출현했다. 불꽃에서 아주 아름다운 백발을 늘어뜨린 남자가 모습을 드러냈다. 그 남자는 이목구비가 또렷한 얼굴, 늘씬하게 큰 키에 신관처럼 하얀 옷을 갖춰 입고 서늘하게 웃었다. 불꽃 안에서 나타났으니까 당연히 인간은 아니리라.

"뭐야, 이 화려한 형씨는?"

솔직한 감상이었는데, 상대는 얼굴을 찌푸렸다.

"형씨라니 실례군. 나는 여우다."

"여우……라면 캥캥거리는 여우?"

"풉."

옆에서 렌야가 작게 웃음을 터뜨렸다. 당연히 입을 크게 벌리고 웃지는 못할 상황이지만, 마음에 드는 개그였는지 몸을 부들부들 떨었다. 한편, 여우 남자는 누가 봐도 화가 나 보였다.

"나를 그런 열등한 여우와 똑같이 여기다니. 나는 천년 묵은 여우, 천호다. 요괴 여우 중에서도 최상위 계급이지. 너희 같은 애송이에게 여우라고 불릴 몸이 아니야!"

자기가 여우라고 말했으면서……. 여우라고 불렸다고 왜 화를 내?

"혹시 캥캥 때문에 화가 났어?"

그러자 요호가 눈을 부릅떴다.

"또 그 소리!"

아, 역시 캥캥에 화가 난 거구나. 나는 그제야 상황을 파악했다. 그러나 이해되지 않는 게 있었다.

"우리한테 도와달라고 한 게 너야?"

"후후후. 보기 좋게 속아 넘어갔구나. 멍청한 애송이."

나는 그 말에 발끈했다.

"그런 거짓말은 하면 안 된다고 부모님이 가르쳐 주지 않았어? 잘 들어. 장난으로 도움을 요청하는 건 가장 해선 안 되는 짓이라고!"

나는 상대가 인간이 아닌 것도 깜박하고 설교했다. 그러나 그것이 오히려 상대의 분노를 더욱 자극한 듯했다.

"애송이, 너. 아까부터 감히 이 몸을 무시하다니……. 어떻게 요리해 줄까?"

요호를 둘러싼 파르스름한 불꽃이 무섭게 타올랐다.

"왜, 왜 화를 내? 나쁜 짓을 한 건 너잖아!"

나는 당황했다. 나는 도움을 청하려고 렌야를 보았다.

"저기, 내가 화를 키운 것 같은데?"

렌야가 기가 막힌다는 눈빛으로 나를 바라보았다.

"화를 키운 수준이 아니야! 요호한테 무슨 설교를 늘어놓고 있어."

"그게 왜? 잘못한 건 잘못했다고 말해 줘야 하잖아."

"아야카시한테 그런 이론이 통하겠냐! 애초에 속이고 훔치는 건 물론이고 아무렇지 않게 인간을 함정에 빠뜨리는 게 아야카시라고."

그 말을 들으니 상대가 내 생각보다 훨씬 나쁜 녀석인 것 같았다.

"어, 근데 그렇게 무서운 요호가 왜 이런 데 있어?"

"내가 어떻게 알아!"

역시 렌야도 모르는구나. 나는 파르스름한 불꽃에 둘러싸인 요호를 바라보았다. 내 눈에 '왜?'라고 쓰여 있기라도 했는지 요호가 알아서 그 이유를 설명했다.

"내가 여기 있는 건 너희 가라스텐구 놈들 때문이다."

"가라스텐구 때문이라고?"

"나는 풍뢰중이라는 놈들에게 쫓겨 크게 다쳤어. 용소로 떨어졌으나 구사일생으로 살아남았지."

요호의 이야기를 듣고 나는 고개를 갸웃거렸다. 어라, 이 이야기 어디서 들었는데. 언제였지? 나는 기억을 더듬다가 번쩍 깨달았다.

'그래, 아오이가 말해 준 그거다!'

분명 아오이가 10년 전에 풍뢰중과 요호가 연습장 부근에서 싸웠다고 했다.

"너, 죽은 게 아니었어?"

눈앞에서 팔팔하게 살아 있는 상대에게 나는 대놓고 물었다.

"죽지 않았다. 이렇게 인간의 형태를 취할 정도로 회복하기까지 10년이 걸렸지만 보다시피 살아 있어."

그 말을 듣고 내 안에서 지금까지와는 또 다른 의문이 솟구쳤다.

"왜 우리 앞에 나타났어?"

모처럼 살아남았다면 얌전히 숨어 있으면 될 텐데 왜 굳이 기어 나오고 그런담.

"뻔한 걸 묻는군. 가라스텐구 놈들에게 복수하기 위해서다."

요호가 몸을 당당히 젖히며 말을 이었다.

"우선 너희를 피의 제물로 삼아 나를 공격한 가라스텐구 놈들에게 보여 줄 테다."

10년간 복수심을 불태웠을 요호는 아무리 설득하려고 해도 우리 말을 통 듣지 않았다. 곧이어 요호가 우리에게 도깨비불을 날렸다.

"으아아아!"

새파란 불꽃 공격으로부터 내 몸을 지키려고 나는 후다닥 도망쳤다. 옆에서 렌야가 우아하게 깃털 부채를 펄럭여 일으킨 바람으로 불을 껐지만, 나는 깃털 부채를 꺼낼 여유조차 없었다.

렌야의 당황한 목소리가 들렸다.

"야, 너 등에 불붙었는데?"

그러고 보니 왠지 등이 뜨끈뜨끈한데…… 엥, 불이 붙었다고?

"으아악!"

나는 얼른 땅을 뒹굴었다. 물론 등에 붙은 불을 끄기 위해서였다. 다행히 입고 있던 교복이 튼튼해서 조금 탄 정도로 그쳤다. 만약 평범한 옷을 입었다면 나는 홀라당 타 버렸겠지.

나는 도깨비불을 던진 장본인에게 외쳤다.

"뭐 하는 거야! 위험하잖아!"

"후후. 조금 놀렸을 뿐인데 듣기 좋은 소리를 지르며 도 망치는군."

요호가 즐겁게 웃었다. 그런 태도에 나는 더욱더 화가 치밀었다.

"체, 나이 먹을 대로 먹어서 불놀이나 즐기다니!"

"너, 아까부터 날 깔보는구나."

"별로 안 깔보는데?"

그러자 렌야가 끼어들었다.

"요호를 평범한 여우처럼 취급한 데다가 반말하는 것 까지 이미 충분히 깔보고 있어."

렌야, 대체 누구 편이니. 요호를 편드는 말투에 나는 울 컥했다. 그러나 지금은 렌야에게 의지할 수밖에 없는 것 도 사실이다.

"그나저나 이 상황을 벗어나려면 뭘 어떻게 해야 해?"

"저 요호를 쓰러뜨리거나 우리가 쓰러지거나, 둘 중 하 나지."

"자, 잠깐만. 저 녀석 강하잖아."

"응, 강해."

"그럼 싸우는 건 무리야. 도움을 청하자."

나는 품에서 호루라기를 꺼냈다. 이걸 불면 분명 누군가 도와주러 올 것이다. 나는 호루라기를 입에 물었다. 막 불려는데 렌야가 막았다.

"그랬다가는 실격이야."

내 머리로는 이 상황에서 신입 의식에서 실격할까 봐 걱정하는 렌야가 이해가 가지 않았다. 아무리 생각해도 목숨이 더 중요하잖아. 실격이라니, 대체 무슨 생각이야.

"지금 그런 게 무슨 상관이야? 우리가 죽으면 아무 의미 없거든?"

"아니, 나는 안 도망쳐. 풍뢰중을 대신해 저놈을 쓰러뜨리겠어."

렌야는 그렇게 말하더니 깃털 부채를 곧장 요호에게 향했다.

"잠깐잠깐, 쓰러뜨리다니? 그건 아니지. 지금은 도움을 청하거나 도망칠 상황이야."

나는 허둥지둥 렌야를 말리려고 했다.

"나는 이런 데서 죽기 싫어. 호루라기 분다."

숨을 들이쉬고 호루라기를 불려는 순간, 렌야가 호루라기를 낚아챘다. 호루라기를 움켜쥔 렌야는 전혀 예상하지 못한 행동을 했다.

호루라기를 휙 던져 버린 것이다.

"이게 무슨 짓이야!"

나는 목숨 줄이 끊어진 것처럼 절망에 빠졌다.

"넌 물러나. 내가 처리할 테니."

아니, 지금은 도망치자고.

그러나 렌야는 각오를 다졌는지 깃털 부채를 펄럭이며
외쳤다.

"열풍참(烈風斬)!"

건드렸다가는 다칠 것처럼 날카롭고 매서운 바람이 요
호를 향해 날아갔다. 아쉽게도 요호의 불꽃에 막혔으나,
그래도 엄청난 바람이었다.

나는 믿을 수 없다는 눈으로 렌야를 바라보았다.

"너…… 어떻게 그런 기술을 쓸 줄 알아?"

내 머리는 의문으로 가득했다. 물론 렌야는 내 물음에
대답하지 않았다.

"얌전히 있으면 좋았을 것을…… 공격해 오다니 건방
지군."

요호는 단단히 화가 난 것 같았다.

"내 진짜 모습을 해방하겠다."

다음 순간, 요호의 모습이 불꽃 속으로 사라졌다가 새파란 불꽃이 동굴 천장 부근까지 **훅** 떠올랐다. 불꽃 안에서 나타난 것은 조금 전까지의 예쁘장한 얼굴의 남자가 아니었다. 그렇다고 내가 아는 귀여운 여우의 모습도 아니었다. 거기에는 꼬리가 아홉 갈래로 나뉜 거대한 괴물이 있었다. 어찌나 커다란지 한참을 올려다봐야 할 정도였다. 인간쯤은 씹어 먹을 턱과 백발처럼 새하얀 털이 파르스름한 불꽃에 휘감겼다. 조금 전까지는 그냥 예쁘장한 남자라고 생각했는데, 지금은 그야말로 '아야카시'라는 단어에 어울리는 모습이었다.

"으아아, 왜 레벨 업 하는 건데……."

나는 요호의 힘에 겁먹었다. 재잘재잘 말하는 것이 시끄러워도 아까의 모습이 몇 배는 더 나았다. 지금 요호의 모습은 도저히 냉정하게 대화를 나눌 상태가 아니었다.

"어디 내 힘 한번 실컷 맛보거라."

진짜 모습이 된 요호가 내뿜는 불길함은 말로 설명할 수 없었다. 요호의 불꽃은 이 일대를 전부 태울 것처럼 기세등등했다. 동굴 전체의 공기가 너무 뜨거웠다.

'이거 큰일 났는데…….'

이런 상황은 전혀 예상하지 못했다. 나는 어떻게 하면

좋을지 몰라 허둥거렸다.

그러나 요호는 내가 냉정해질 때까지 기다려 주지 않았다.

"호화주박(狐火呪縛)."

요호가 새파란 불꽃의 모양을 채찍처럼 바꾸더니 우리에게 휘둘렀다.

'끼아아아!'

나는 속으로 비명을 질렀다. 저런 건 절대 피하지 못할 것이다.

이렇게 인생이 끝난다고 생각한 순간.

"풍벽초래(風壁招來)."

렌야가 깃털 부채를 아래에서 위로 흔들어 바람의 벽으로 불꽃 채찍을 튕겨 냈다.

'지, 진짜냐……'

자기가 처리하겠다는 말이 그냥 입만 살아서 나불거린 소리라고 여겼는데, 생각보다 렌야는 요호와 호각으로 싸웠다. 전혀 뒤지지 않는 지금이라면 충분히 승산이 있어 보였다.

"너, 대단하다."

이번만큼은 솔직히 감탄했다. 렌야의 힘으로 요호를

쫓아낼 수 있을지도 모른다는 희망을 품은 바로 그때, 앞쪽에서 어마어마한 폭발이 일어났다.

"으아아아!"

주변의 뜨거운 바람 때문에 눈을 뜰 수 없어 나는 얼굴을 감쌌다. 요호가 일으킨 폭발인 듯했다. 폭풍이 잔잔해지기를 기다리다가 조심스럽게 눈을 뜬 나는 눈앞에 벌어진 광경에 말을 잃었다. 렌야가 쓰러져 있었다.

"렌야!"

나는 렌야에게 달려갔다. 렌야의 몸은 상처투성이였고 얼굴에도 상처가 나 피가 흘렀다.

"야, 정신 차려!"

말을 걸자, 렌야는 깃털 부채를 쥔 손에 힘을 주었다.

"큭, 이 정도로 포기할 것 같냐……."

심각하게 다쳤는데도 여전히 싸우려는 렌야를 보고 나는 놀랐다. 나는 일어나려는 렌야를 말렸다.

"이런 상처로는 움직이는 것도 힘들어."

렌야는 엉망이 된 모습으로 말했다.

"괜찮아……."

"아무리 봐도 안 괜찮거든!"

"그게 뭐 어쨌다고."

"중상이잖아."

"잘 들어, 도움을 청하지 못하는 이상 우리가 할 수밖에 없어."

렌야의 말대로 도움을 청할 수단인 호루라기는 우리 손에 없다. 아까 폭풍 때문에 날아갔는지 어디에도 보이지 않았다.

"일단 내가 놈의 시선을 끌겠어. 그 틈에 너라도 도망쳐."

렌야는 아직 일어서지도 못하면서 그런 소리를 했다.

"너……."

나는 렌야가 도망치라고 한 것에 당황했다. 그때, 요호가 우리를 향해 도깨비불을 날렸다.

"으아아아!"

나는 얼른 움직이지 못하는 렌야를 들쳐 업었다. 렌야의 체중이 등과 어깨에 실리자마자 사람 하나를 짊어지는 것이 얼마나 힘든지 깨달았다. 그대로 바로 옆 바위 뒤로 도망쳤다. 가까운 거리인데도 숨이 헐떡헐떡 차오르고 이마에서는 땀이 줄줄 흘렀다.

목숨의 위협을 받아 초인 같은 힘을 발휘한 덕분에 도깨비불을 맞고 홀라당 타 버리지는 않았다. 그러나 최악의 상황이었다. 렌야는 도저히 싸울 수 있는 상태가 아니었고, 나는 렌야처럼 표적을 향해 바람을 일으킬 힘이 없었다. 이대로 요호와 싸우는 것은 불가능했다. 즉, 우리 둘다 절체절명의 위기였다. 현실을 파악한 순간, 내 안에서 분노가 마구 차올랐다.

'젠장, 젠장, 젠장!'

무력한 내가 분해서 견딜 수 없었다. 렌야가 나를 인정해 주기를 바라는 주제에 결국에는 허둥거리기나 하는 게 너무 분해서 미칠 지경이었다. 할 수만 있다면 더 강해져서 돌아오고 싶지만 그럴 시간은 없었다. 아무리 기도해도 아무도 도와주지 않을 상황이었다. 이곳에는 우리 둘만 있을 뿐. 결국 우리끼리 어떻게든 해내야 했다. 그렇게 생각하자, 렌야까지 말려들게 한 내가 원흉이라는 생각이 들었다. 나는 뭔가를 각오하며, 누워 있는 렌야를 봤다.

"할 수밖에 없어."

18. 역전의 씨앗

"렌야."

나는 렌야의 이름을 불렀다.

"뭐야……."

갈라진 목소리의 렌야는 말하는 것도 힘들어 보였다.

"내가 미끼가 될 테니까 그 틈에 너는 도망쳐."

내 말에 렌야의 눈이 놀란 듯이 커졌다.

"우, 웃기지 마. 네가 미끼라고?"

렌야의 표정이 말도 안 된다고 말하고 있었다.

나는 냉정하게 분석했다.

"그 방법밖에 없잖아. 너는 나보고 도망치라고 했지만 우술을 전혀 쓰지 못하는 내가 저 요호에게서 도망치는 건 불가능해. 네 쪽이 그나마 가능성이 있어. 그러니까 내가 미끼가 될게. 너는 저 언덕을 올라가서 도움 청하러 가."

내가 생각하기에 이 방법이 최고였다. 운이 좋다면 선생님들이 늦지 않게 구하러 와서 살아남을 수도 있다. 물론 운이 나쁘면 아주 그냥 새까맣게 타 버릴 수도 있다. 한 치 앞도 보이지 않는 상황인데 신기하게도 나는 두렵지 않았다.

"부탁이다."

나는 렌야의 어깨에 손을 툭 올렸다. 렌야가 갑자기 내 손을 덥석 쥐었다.

"기다려."

렌야가 손을 쥐고서 놓아 주지 않았다. 온몸에 상처가 났는데도 힘이 대단했다.

"이거 놔, 시간이 없어."

나는 허둥거렸다. 이러는 동안에 공격받으면 렌야를 도망치게 할 수가 없다.

"빨리 가라고."

나는 렌야를 재촉했지만 렌야는 끝까지 고집스럽게 말했다.

"아니, 난 도망치지 않아."

"그랬다가는 둘 다 당할 거야."

이 상황에서 둘 다 사는 것은 불가능했다. 그렇다면 한 명이라도 살아남는 방법을 선택해야 했다.

"너도 알고 있잖아?"

늘 냉정하게 상황을 파악하는 렌야가 이런 간단한 계산을 못 할 리 없었다. 성격도 사고방식도 전부 정반대인 우리지만, 지금 둘 다 당할 이유가 없다는 생각만큼은 같을 것이다. 내게 도망치라고도 말했다. 한쪽이 미끼가 된다는 생각은 렌야도 했다.

그런데 렌야는 생각지도 못한 말을 꺼냈다.

"요호에게 당하지 않는 방법도 있어."

"뭐? 그게 뭔데?"

"둘이서…… 아니, 네가 도와줘야 해."

"그러니까 같이 공격하자는 거?"

"그게 아니야."

"그럼 어쩌려고."

"우선 내가 미끼가 될게."

"미끼가 된다니, 너 그런 몸으로……."

"그래, 그러니까 내가 미끼로써 제 몫을 할 수 있는 시간은 짧아. 다만 요호는 네가 우술을 쓰지 못한다고 방심하고 있어.”

“그야 실제로 못 쓰니까.”

나는 인정할 수밖에 없었다.

“너마저 그렇게 생각하니까, 이 작전이야말로 한 방에 역전할 방법이야.”

“한 방에 역전?”

렌야가 도대체 어떤 작전을 떠올린 걸까. 나는 전혀 알 수가 없었다.

“잘 들어. 내가 미끼가 되면 요호는 내게만 주목할 거야. 왜냐하면 요호는 네가 공격하리라고는 전혀 생각하지 않을 테니까. 그게 우리가 이길 수 있는 이유야.”

“무슨 소리야?”

“요호가 나를 공격하는 순간을 노려서 네가 깃털 부채로 요호를 공격하는 거야.”

“아니, 잠깐만. 네가 미끼가 되고 내가 공격한다고? 내 우술 성적 너도 알잖아? 테스트 때 일으킨 바람은 우연이 었어.”

“그래도 우리가 요호에게 이기려면 그 우연에 걸 수밖에 없어.”

렌야는 단호했다. 나는 도리도리 고개를 저었다.

"무리무리무리, 무리야! 나한테 맡기면 틀림없이 실패할 거야. 너는 수업에서 성공한 모습을 봤으니까 괜찮다고 생각하나 본데, 그 후로 수백 번을 해 봐도 바람이 전혀 생기지 않았어."

나는 내가 얼마나 무능력한지를 강력하게 어필했다.

"무리라도 해."

렌야는 터무니없는 소리를 했다.

"할 수 있다면 수업 때보다 더욱 강한 바람으로 부탁해."

"아니, 그런 주문을 해도 무리라고!"

"무리 같은 소리 그만하고, 너도 가라스텐구 집안이라면 우술 기술 하나쯤은 아버지에게 배웠을 거 아니야?"

"그런 거 배웠을 리가……."

없다고 말하려다가 문득 '폭풍파'가 생각났다.

"아니, '폭풍파'는 아빠가 농담한 거니까 쓸 수 있을 리가……."

그런데 렌야는 그 말을 듣더니 그걸 쓰라고 요구했다.

"한 번도 써 본 적 없어. 무리라고."

"하면 돼. 수업 때 바람이 그거 같았어. 그러니까 그게 '폭풍파'겠지."

뭐야, 너 되게 대충대충 말한다?

"저기, 지금은 수업이 아니거든……."

수업 때는 실패해도 괜찮지만 지금은 다르다. 만약 내가 바람을 일으키지 못하면 렌야는 어떻게 되는 걸까.

"역시 안 돼. 내가 실패하면 네가 죽을지도 몰라."

내 어깨에 모든 것이 달렸다고 생각하니까 믿고 맡겨 달라는 말 따위 절대 할 수 없었다.

"우연은 두 번 있는 일이 아니니까 우연이라고 하는 거야."

"한 번 생긴 일은 두 번도 생긴다는 말이 있어."

렌야는 진심으로 내 우연에 모든 것을 걸 생각인 것 같았다.

"내가 바람을 일으키지 못하면 너는 어떻게 할 건데?"

그러자 렌야가 냉정하게 대답했다.

"네가 못 한다면 둘이 같이 당하는 거지."

둘이 같이 당한다. 보통은 엄청난 압박감으로 다가올 말인데, 신기하게도 나는 달랐다. 오히려 렌야의 말에 각오를 다졌다.

'그러네, 그렇지…….'

여기에는 우리 둘만 있다. 렌야가 어렵다면 내가 요호

를 해치우는 것 외에는 방법이 없었다.

'무리라느니 못 한다느니, 이런 소리를 할 상황이 아니야……'

각오를 마친 내 행동은 빨랐다. 허리춤에 끼운 깃털 부채를 꺼내 꽉 움켜쥐었다. 그 모습을 본 렌야가 힘이 너무 들어갔으니 힘을 조금 더 빼라고 말했다. 렌야가 조언해 준 것은 이때가 처음이었다.

'힘을 빼라고……'

나는 긴장해서 딱딱하게 굳은 손에서 힘을 뺐다.

"잘 들어. 내가 여기에서 뛰어나가면 십 초 기다렸다가 공격이야."

나는 설명을 듣고 그저 말없이 알겠다는 듯 고개를 끄덕였다. 머릿속으로 어떻게 하면 깃털 부채를 써서 바람을 일으키는지, 아오이에게 배운 것을 몇 번이나 복습했다. 렌야가 망설이지도 않고 바위 뒤에서 뛰어나간 순간, 불안했던 내 마음이 단단해졌다.

'저 녀석이 나를 믿어 줬어……'

그걸 깨닫자 내 손에서 떨림이 잦아들었다. 나는 속으로 십 초를 셌다.

'하나, 둘.'

깃털 부채를 쥔 채 바위 뒤에서 나온 렌야를 보고 거대해진 요호가 코웃음을 쳤다.

"후후후, 숨바꼭질은 끝났느냐?"

'셋, 넷.'

렌야는 서 있는 것도 힘들어서 비틀거렸다. 그래도 요호의 주의를 끌려고 목소리를 높여 외쳤다.

"네놈은 내가 해치운다! 열풍참!"

렌야가 깃털 부채를 있는 힘껏 흔들었다. 그러나 약한 바람만 간신히 일어났다.

"윽!"

렌야가 털썩 무릎을 꿇었다.

"후후후, 이미 힘이 다했구나. 그러나 이 몸을 거역한 죄는 크도다."

요호를 둘러싼 불꽃이 거세졌다.

"대살염화(大殺炎華)."

요호의 외침이 들리자 순식간에 렌야 앞에 거대한 불덩이가 나타났다. 불덩이가 빠르게 부풀어 올라 마치 눈앞에 거대한 태양이 나타난 것 같았다.

'렌야!'

나는 바닥에 몸을 바싹 붙이고 렌야를 살폈다. 렌야는

일어나려고 했으나 괴로워 보였다. 저 상태로는 요호의 공격을 피할 수 없었다. 저 불덩이를 맞으면 렌야는 버티지 못할 것이다. 나는 바위 뒤에서 튀어 나가 도우러 가고 싶은 마음을 꾹 억눌렀다.

'여덟.'

앞으로 이 초.

'아홉.'

앞으로 일 초.

불덩이가 동굴 천장을 뒤덮을 정도로 부풀었다.

'열!'

그 순간, 나는 바위 뒤에서 튀어나갔다. 최고 속도로 달리며 요호의 위치를 확인했다. 요호와 렌야는 동굴의 중앙에서 대치 중이었다. 렌야가 제대로 주의를 끌어 준 덕분에 요호는 나를 보지 못했다.

'좋았어!'

나는 서둘러 요호의 등 뒤에 자리를 잡았다. 여전히 요호의 시선은 렌야를 향했다. 나는 깃털 부채를 쥐었다. 그걸 본 렌야가 마지막 힘을 짜내는 듯이 깃털 부채를 흔들었다.

"무의미한 발악을."

요호가 렌야의 움직임을 보고 말했다. 렌야의 작전인 줄은 전혀 깨닫지 못했다.

나는 바람의 흐름을 읽으려고 모든 감각을 날카롭게 벼렸다. 얼굴로 부는 뜨거운 바람, 등에 닿는 강한 바람, 다리 근처의 느린 바람…… 요호가 만들어 낸 특대형 불덩이 때문에 동굴은 바람의 흐름이 복잡했다. 바람이 여기저기로 마구 흘러갔다. 나는 그 수많은 바람의 흐름 중에서 단 하나, 요호에게 가는 바람을 잡으려고 필사적이었다.

'나는 할 수 있어! 할 수 있다고!'

나는 간절히 바라며 바람을 찾았다.

그때, 수많은 바람의 흐름 중 하나가 느껴졌다. 그것은 팽팽하게 당겨진 실처럼 똑바로 요호를 향하고 있었다.

'이거다!'

나는 깃털 부채를 크게 휘둘렀다.

"으아아, 폭풍파아앗!"

깃털 부채 끝에 힘이 모이고 강렬한 바람이 일어났다. 단순한 바람이 아니었다. 신통력으로 일으킨 바람이었다. 그것이 어마어마한 바람의 칼날이 되어 요호에게 날아갔다. 요호는 이글거리는 불덩이를 렌야에게 던지려던 참이었다.

바로 그 순간, 내가 보낸 바람이 요호를 덮쳤다. 바람의 칼날이 요호의 불꽃을 잘랐다.

"흐아아악!"

요호가 내지른 시끄러운 비명이 동굴 안에 울렸다.

'해냈나……'

힘이 과하게 들어가 땅바닥에 쓰러지면서도 나는 요호에게서 시선을 떼지 않았다.

곧이어 폭발음과 함께 불덩이가 터졌다. 엄청 뜨거운 바람이 일며 불꽃이 흩날렸다. 나는 왼팔로 얼굴을 가렸다. 자갈 섞인 바람이 팔과 손에 거칠게 부딪혔다. 성가신 바람을 팔로 어떻게든 막으며 나는 주변 상황을 살펴보았다. 제일 먼저 눈에 들어온 것은 바닥에 쓰러진 하얗고 복슬복슬한 무언가였다.

"설마…… 저게 요호?"

힘을 다 썼는지 조금 전의 거대한 몸집이 거짓말같이 자그마해졌다. 바닥에 털썩 널브러진 모습은 복슬복슬한 하얀 목도리 같았다. 요호는 완전히 정신을 잃었는지 일어날 기색이 없었다.

'해치웠나……'

그러나 다음으로 보인 것에 나는 말을 잃었다. 렌야가 땅에 쓰러진 채 꼼짝하지 않았다. 게다가 온몸이 피에 절었고 옷도 불탔다.

"마, 말도 안 돼……."

나는 움직이지 않는 렌야를 멍하니 바라보았다. 간신히 요호를 쓰러뜨렸는데 렌야가 움직이지 않는다니. 나는 어떻게든 일어나 비틀거리며 렌야 곁으로 다가가 말을 걸었다.

"렌야, 일어나……."

그러나 아무리 불러도 렌야는 대답이 없었다. 그저 눈을 꾹 감고 그 자리에 누워 있었다.

"우리 둘이서 요호를 쓰러뜨렸어. 그런데 왜……."

나는 주먹으로 땅을 내리쳤다.

"네가 미끼가 된다고 해서 내가 한 거잖아."

요호를 쓰러뜨려도 제일 중요한 네가 죽으면, 그건 작전 대실패잖아.

"둘이서 살아남을 수 있다고 믿고 노력했는데……."

힘들게 겨우 짜낸 목소리와 함께 눈물이 흘러내렸다. 그 눈물이 렌야의 뺨에 뚝뚝 떨어졌다.

"사람을 멋대로 죽이지 마."

갈라진 목소리가 렌야의 입에서 흘러나왔다.

나는 크게 외쳤다.

"렌야! 너 괜찮아?"

"문제없어."

온몸이 엉망진창이면서 렌야가 센 척했다. 렌야가 살아 있는 것을 확인하자 나는 온몸에서 힘이 빠졌다.

"뭐야, 놀랐잖아!"

얼른 도움을 청하러 가야 하는데, 한 발자국도 움직이지 못할 것 같았다. 나는 그 자리에 벌러덩 누웠다.

"믿을 수 없어⋯⋯."

"뭐가?"

"우리가 요괴를 해치웠어. 우연은 두 번 다시 생기지 않을 줄 알았는데⋯⋯."

렌야가 불쑥 말했다.

"우연이 아니라는 거겠지."

"응?"

나도 모르게 되물었다. 너무 작은 목소리라 들리지 않았다.

"야, 지금 뭐라고 했어? 안 들렸으니까 한 번만 더 말해줘."

그러나 렌야는 그 후로 단 한마디도 하지 않았다. 아무리 불러도 대답이 없었다. 나도 점점 말하기 힘들어졌다. 눈을 감자, 누군가 허둥지둥 뛰어오는 발소리가 들렸다.

"찾았습니다! 여기예요!"

당황하는 목소리. 나는 그 목소리를 마지막으로 의식을 잃었다.

눈을 떴을 때, 나는 병실에 있었다.

"으잉?"

천장을 올려다보며 맥없이 중얼거렸다. 왜 여기 있는지 전혀 기억이 나지 않았다. 아무튼 나는 분명 침대에 누워 있었고, 팔에 링거 바늘이 꽂혀 있었다.

"정신이 들었구나."

말을 건 사람은 할아범 교장처럼 보이는 노인이었다.

"할아범 교장? 여기 왜……."

"틀렸다. 나는 너희 학교 교장이 아니야. 의사다."

"의사요? 거짓말."

이렇게 얼굴이 똑같이 생겼는데 할아범 교장이 아니라니, 믿을 수 없었다.

"나는 가라스텐구 전문 의사란다. 너희 교장과 얼굴이

닮은 건 사촌이기 때문이야."

할아범 의사는 그 사실이 참으로 못마땅하다는 듯이
말했다.

"사촌…… 그래서 닮았구나."

내가 멍하니 중얼거리자, 할아범 의사가 어이없다는
듯이 말했다.

"지금 내 얼굴이 중요한 게 아니야. 그보다 무슨 상황인
지 알고 있는 거냐? 넌 정신을 잃고 여기 왔어."

"아, 맞다. 렌야는요? 걔는 무사해요?"

"……."

할아범 의사가 입을 다물어서 내 얼굴빛이 바뀌었다.

"헉, 설마……."

"살아 있어. 중상이지만."

"중상……. 그렇게 심하게 다쳤어요?"

"음, 지금 상태로는 일주일쯤 입원해야 할 거다."

일주일이구나. 한 달이나 두 달이 아니어서 나는 안심
했다.

"무사히 낫는 거죠?"

"날 돌팔이 의사라고 여기는 거냐?"

"그런 건 아닌데요, 잘 치료해 주세요."

"걱정 안 해도 나는 우수하니까 네 친구는 금방 팔팔해질 거야."

"다행이네요."

"그리고 네 상처 말인데, 찰과상이 조금 있지만 몸에 큰 이상은 없어. 정신을 잃은 건 힘을 끝까지 짜낸 피로가 원인이니까 내일이라도 퇴원할 수 있다."

설명을 들은 나는 우울해졌다.

"음? 퇴원할 수 있는데 기쁘지 않으냐?"

"하지만 렌야는 중상인데 저는 내일 퇴원해도 된다니……."

"기뻐해도 돼. 네 부상이 가볍다고 딱히 화낼 녀석은 아닐 것 아니냐?"

"그런가……."

그건 좀 자신 없었다.

"일단 좀 쉬어. 계속 깨어 있을 거면 내일 퇴원은 취소할 거다."

"자, 잠깐만요. 그러고 보니 그 요호는 어떻게 됐어요?"

"아, 그 녀석? 포획했다고 들었다. 힘을 다 썼는지 묘하게 귀여워졌다는구나."

"그러고 보니 쓰러졌을 때 하얗고 복슬복슬한 게 떨어

져 있었어요."

"그래, 무시무시한 힘을 지닌 요호였⋯⋯겠지만 지금은 웃음이 나올 정도로 자그매져서 다들 귀엽다고 쓰다듬는다는구나."

"잘됐네요. 되게 시건방졌단 말이에요. 그래도 붙잡아서 다행이다⋯⋯."

나는 안도의 한숨을 내쉬었다.

결국 나는 하루 만에 퇴원했다. 렌야를 보고 싶었지만 '면회 사절'이라고 했다. 어쩔 수 없이 학교로 돌아왔는데, 나를 기다린 것은 살아 돌아와서 다행이라는 기쁨의 함성이 아니라 선생님들의 풀코스 설교였다. 전부 설명하기는 귀찮으니까 그들의 설교를 요약하자면, 다음과 같다.

우리가 도움을 청하지 않고 요호와 맞서 싸우려고 한 건 '엉뚱하고 무모한' 짓이며 '자칫 잘못했으면 죽었을' 정도의 일이고 이번에는 '운이 좋았을' 뿐이라는 것이다.

그 후로 나는 산더미 같은 숙제를 받아 쩔쩔맸다.

렌야가 없는 일주일 동안 나는 마음이 붕 떴다. 지금까지 짜증 난다고 생각했던 녀석인데 없어지니까 왠지 기운이 나지 않았다. 교실에서는 옆의 빈자리가 신경 쓰였고, 3인실 방도 너무 넓어서 불안했다.

아무튼 매일 맥이 빠졌다. 녀석이 있을 때는 뭐든지 지기 싫다는 마음이 강했는데, 지금은 노력할 마음이 들지 않았다. 그래서 나는 멍하니 넋 놓을 때가 많았다. 덕분에 선생님들에게 혼나고 하나키 선배와 친구들에게 괜찮냐는 걱정 어린 말을 자주 들었다. 매번 괜찮다고 대답했으나, 사실 괜찮지 않았다.

"소타, 집중을 못 하네? 세면실에 가서 세수라도 하고 올래?"

숙제를 봐주던 하나키 선배가 나를 살피며 말했다.

"네……."

나는 시키는 대로 방에서 나왔다. 얼굴에 물을 뿌리면 조금은 기분이 달라질지도 모르니까.

"하아, 의욕이 안 생기네."

이러면 안 된다고 생각하면서도 도무지 기력이 나지 않았다. 세면실로 가던 도중, 나는 복도 맞은편에서 걸어오는 녀석을 알아차렸다. 조금 길고 살랑거리는 까만 머리에 의연하고 날카로운 눈동자.

나는 반사적으로 이름을 불렀다.

"렌야! 퇴원했구나!"

기뻐하는 나와 달리 렌야는 냉정했다.

"여전히 시끄럽군."

그렇게 대꾸하며 맞은편 복도에서 걸어오는 렌야는 다리를 조금 절뚝였다.

"너, 그 다리……."

내가 얼굴을 찡그리자 렌야가 무뚝뚝하게 대답했다.

"그냥 삐었어. 이제 안 아파. 걸을 때 힘주지 않으려는 것뿐이야."

그래도 내가 계속 다리를 쳐다보자, 렌야가 버럭 화를 냈다.

"괜찮다고 했잖아!"

"알았어."

나는 걱정스러운 표정을 감추었다.

"맞다, 네가 돌아오면 이 말을 하려고 했어."

"뭘?"

"그런 무모한 짓은 두 번 다시

하지 마."

"……."

렌야는 입을 다물었으나 잠시 후 그래, 하고 대답하고
고개를 살짝 끄덕였다.

"그리고 우술 보충 수업이 있으니까 그렇게 알아 둬."

"보충 수업?"

"연습장에서 받을 거야."

"받을 거라니, 너는 받았을 거 아니야?"

"아니야. 2인 1조로 받아야 해서 나도 아직이야. 언제
받으면 되는지 지금 야마 선생님한테 확인하고 올게."

당장이라도 뛰어가려는 나를 렌야가
불렀다.

"야, 소타."

렌야가 처음으로 이름을
불러서 나는 당황했다.

"응?"

거울로 보지는 않았지만 아마
나는 굉장히 놀란 토끼 같은 표정
이었을 것이다. 렌야는 매번 나를
'야'나 '너'라고만 불렀으니까.

나답지 않게 긴장해서 물었다.

"왜, 왜?"

"아니, 아무것도 아니야."

그 대답에 긴장한 내 어깨가 축 처졌다. 아무것도 아니라니 뭐야, 자기가 불러놓고선. 왜 사람을 들었다 놨다 하느냐고 생각한 그때, 렌야가 조용히 말했다.

"그때는 덕분에 살았어."

너무도 작은 목소리여서 바람에 날려 갈 정도였다. 그래도 내 귀에는 분명히 그 말이 들렸다.

"꽤 괜찮은 콤비였지."

"흥."

내가 대꾸하자 렌야는 콧방귀를 뀌며 복도를 마저 걸어갔다.

"하여간 솔직하지 못하다니까."

나는 어이없어하면서도 왠지 모르게 상쾌한 기분으로 렌야의 뒷모습을 바라보았다.

여러분, 안녕하세요. 나쓰미입니다.

이 책을 읽어 주신 여러분께 제일 먼저 감사 인사를 드리고 싶습니다. 정말 고맙습니다! 『바람의 신으로 레벨업』을 읽고 어떠셨나요? 부디 재미있으면 좋겠습니다. 아직 읽기 전인 독자 여러분은 앞으로 마음껏 즐겨 주세요.

이 이야기는 동네 공립 중학교에 진학할 예정이었던 소타가 어느 날 갑자기 아빠에게 "4월부터 조금 독특한 학교에 다닐 거다"라는 말을 들으면서 시작합니다. 어렸을 때 자신이 하늘을 날아다닌 증거 사진을 본 소타는 반쯤 속아 넘어간 상태로 의심스러운 기숙학교에 입학하게 됩니다. 게다가 처음 만난 학생 렌야는 영 호감이 가지 않는 동급생이고, 학교 수업도 벅찰 정도로 어렵고……. 여하튼 이렇게 터무니없는 학교생활이 시작됩니다. 참고로 원제목인 '하늘의 신'은 다름 아닌 텐구를 의미합니다.

왜 제가 '가라스텐구'라는 익숙하지 않은 주제로 글을 썼느냐 하면요. 마법사의 이야기를 쓰고 싶었기 때문이에요. 하지만 서양 마법사를 다룬 책은 워낙 많으니까 일본다운 마법사 이야기를 쓰고 싶었어요. 일본의 마법사라면, 제일 먼저 떠오르는 것은 역시 '음양사(음양사는 고대 일본의 관직 중 하나로 음양오행 사상을 기초로 한 음양도로 점을 쳤다)'일까요? 영화의 영향으로 주술을 부리는 이미지가 강한데, 사실 음양사는 점술사와 비슷합니다. 점술보다는 좀 더 마법 같은 기술을 쓰게 하고 싶어서 고민하다가 '가라스텐구'를 떠올렸어요. 하늘을 날고 깃털 부채를 흔들어서 불과 바람과 폭풍과 번개를 일으키죠. 마법사의 이미지에 완벽하게 맞아떨어져서 이야기가 마구마구 부풀었습니다.

이 이야기는 '가도카와 츠바사 문고 소설상'에 응모했던 원고를 다시 손본 것입니다. 선정해 주신 심사위원 선생님들, 편집부 여러분께 진심으로 감사 인사를 드립니다. 또 이번에 일러스트를 담당해주신 소노무라 님. 활기찬 소타의 표정과 행동이 제가 생각한 이미지 그대로예요. 렌야도 냉철한 미소년 느낌이 나서 최고입니다! 아름다운 일러스트를 그려 주셔서 고맙습니다. 또 담당 편집자님에게도 진심으로 감사드립니다.

제2권은 2021년 여름 무렵에 출간될 예정이에요. 이야기가 더욱더 확장되어서 소타와 렌야 그리고 수수께끼 소녀가 활약할 테니 꼭 읽어 주세요!

2020년 12월

나쓰미

바람의 신으로 레벨 업

초판 1쇄 인쇄일 2023년 2월 28일
초판 1쇄 발행일 2023년 3월 14일

지은이   나쓰미
그린이   소노무라
옮긴이   이소담
펴낸이   강병철

편집   최웅기 정사라 박혜진
디자인   서은영
마케팅   유정래 한정우 전강산 심예원
제작   홍동근

펴낸곳   이지북
출판등록   1997년 11월 15일 제105-09-06199호
주소   (04047) 서울시 마포구 양화로6길 49
전화   편집부 (02)324-2347, 경영지원부 (02)325-6047
팩스   편집부 (02)324-2348, 경영지원부 (02)2648-1311
이메일   ezbook@jamobook.com

ISBN 978-89-5707-297-4 (43830)